AF150688

Joanna Turbowicz

Liebesperlen auf scharfem Meerrettich

novum ✦ pro

Dieses Buch ist auch als
e-book
erhältlich.

w w w . n o v u m v e r l a g . c o m

Bibliografische Information
der Deutschen Nationalbibliothek:

Die Deutsche Nationalbibliothek
verzeichnet diese Publikation in
der Deutschen Nationalbibliografie.
Detaillierte bibliografische Daten
sind im Internet über
http://www.d-nb.de abrufbar.

Gedruckt in der Europäischen Union
auf umweltfreundlichem, chlor- und
säurefrei gebleichtem Papier.

© 2024 novum Verlag

ISBN 978-3-99146-595-9
Lektorat: Susanne Schilp
Umschlagfotos: Tirrasa, Kostya Pazyuk,
Kiosea39 | Dreamstime.com
Umschlaggestaltung, Layout & Satz:
novum Verlag

www.novumverlag.com

Druckprodukt mit finanziellem
Klimabeitrag
ClimatePartner.com/16547-2311-1001

„Es ist gut, an Sex zu denken.
Dann kommt man wenigstens
nicht auf dumme Gedanken."

Elmar Schenkel

Inhaltsverzeichnis

Prolog

Wunderbar!

Endlich!

So schön, euch zu sehen!

Mensch, wie lange ist das jetzt her, dass wir uns alle nicht gesehen haben?

Sie lachen alle, umarmen sich, die Stimmung ist ausgelassen, flüchtige Küsschen links und rechts werden ausgetauscht.

Die Freundinnen oder die Mädels-Clique, wie sie sich selbst nennen, treffen sich, so oft es geht, meistens zum Essen, Trinken und Ratschen. Mal macht eine einen Pizza-Abend, mal stehen einfach nur Baguette, Käse und Rotwein auf dem Tisch. Nur bei Agnes, die stolz auf ihre Kochkünste ist, da gibt es immer ein richtiges Essen, mit drei oder vier Gängen.

Natürlich gehen sie auch gern aus. Kino, Ausstellungen, Oper, Konzerte, Biergarten – alles ist möglich. Doch selten sind sie alle auf einmal zusammen. Wie das Leben halt so spielt: Ob Yoga, Italienischkurs oder Familientreffen, ob Geburtstage oder Reisen – zehn Personen unter einen Hut zu kriegen, ist eine echte Herausforderung. Manchmal sind es auch größere Hindernisse, die sie voneinander fernhalten. Allein im letzten Jahr hatte Viola eine

Hüft-OP, Verena musste ein neues Knie bekommen, und Esther wiederum verschwand eine Zeitlang von der Bildfläche, weil sie im fernen Hannover ihre Tochter samt einem neuen Enkel betreute.

Zwischendurch hat sie auch Corona ausgebremst. Doch nun ist es wieder so weit. Sie haben es geschafft, sich alle gemeinsam zu treffen. Alle zehn.

Ein bisschen feierlich soll es heute schon sein. Agnes ist die heutige Gastgeberin, es gibt also mit Sicherheit ein köstliches Menü, und fürs Erste trinken sie in der Küche Champagner.

Wieso heißt unsere WhatsUp-Gruppe jetzt eigentlich „Gartenblumen", fragt Verena. Früher hieß sie doch einfach „Mädels"?

Ach ja, lacht Sabrina. Stimmt. Da warst du ja nicht dabei. Das war im letzten Sommer. Wir waren zu sechst im Biergarten, und auf einmal, da steht ein ziemlich angetrunkener Mann neben uns. Stützt sich mit beiden Armen auf unserem Tisch und lallt: „S-so schöne Damen. W-wie die Blumen. B-blumen im B-Biergarten. G-Gartenblumen." Dann verzog er sich wieder und wir hielten uns die Bäuche fest vom Lachen. Und beschlossen, uns ab sofort so zu nennen.

Hübsche Geschichte, sagt Verena. Ist doch ein wunderbarer Name für uns.

Unsere Nachrichtenmenge ist zwar echt beachtlich, feixt Esther. Aber im Handy wir sind ja wenigstens geräuschlos geschwätzig, also auch so still wie die Gartenblumen.

Jetzt lachen sie alle.

Als sie endlich am festlich gedeckten Tisch sitzen, strahlt Julia: Endlich sind die Top Ten wieder beisammen!

Ja, kommentiert Agnes. Vom Dezimalsystem über die zehn Gebote bis zum Countdown – und bis zu uns – zehn ist einfach die Zahl der Vollkommenheit.

Bestimmt hast du recht. Aber mir fällt da noch was ganz anderes ein, schmunzelt Esther.

Und zwar?

Decamerone.

Decamerone?, wundert sich Julia. Was heißt das?

Ja, das kenne ich auch, sagt Viola. Erotische Geschichten von Boccaccio. 14. Jahrhundert, wenn ich mich richtig erinnere. Das habe ich so ungefähr mit 15 gelesen. Mit ganz roten Ohren vor Aufregung.

Richtig, meldet sich wieder Esther. Zehn Leute sind damals vor der Pest in Florenz geflüchtet, haben sich in einer schönen Villa auf dem Land verschanzt, und zu ihrer eigenen Unterhaltung musste jeder jeden Tag eine Geschichte erzählen. Zehn Tage lang. Deshalb heißt das Ding auch Decamerone. Von deca – zehn. Na ja, und meistens waren diese Geschichten eben ziemlich deftig.

Waren das nur Frauen, wie wir?, fragt wieder Julia.

Nein, mischt sich Agnes ein. Ich habe es gerade gegoogelt: Es waren sieben Frauen und drei Männer.

Das sollten wir doch heute auch mal machen.

Was meinst du mit „machen"?

Na, erotische Geschichten erzählen, sagt Esther. Hier und jetzt. Wir basteln uns unser eigenes Decamerone.

Du spinnst!

Bist du verrückt geworden!

Na hör mal, wir sind doch alle hier plus minus 50, und du willst, dass wir uns schlüpfrige Geschichten erzählen? Ruhig, Mädels, ruhig, mischt sich Esther in das laute Protestgeschrei ein. Erstens haben wir in der Vergangenheit doch mit Sicherheit alle was diesbezüglich erlebt. Zumindest hoffe ich das. Muss ja nicht von heute sein. Zweitens kann die Geschichte auch erfunden sein. Vielleicht tun wir sogar so, als ob sie alle erfunden wären? Es muss keiner was peinlich sein. Soll ja kein Porno werden, es soll nur ein bisschen knistern.

Stille.

Und dann sagt plötzlich Karin: Ich mache das. Ich erzähle euch eine Geschichte. Und die ist sogar wahr.

das Fahrrad

Könnt ihr euch an Agnes 40. Geburtstag erinnern?

Sie nicken alle. Ja, sie haben sich schon damals alle gekannt und waren auch alle eingeladen.

Ihre heutige Gastgeberin hatte kurz vorher sehr viel Geld geerbt. Ein reicher Erbonkel, hörte man. Mehrere Häuser in Düsseldorf, munkelte man. Auf jeden Fall konnte sie sich ein rauschendes Fest zu ihrem runden Geburtstag leisten.

Im Bamberger Haus fand die Feier statt. An mehreren runden Tischen gab es ein gesetztes Essen, überall standen Blumen, und es gab sogar einen DJ.

Ich war mit Peter dort, erzählt Karin.

Peter war ihr Ehemann. Seit 100 Jahren, scherzte sie immer. Zwei Kinder, eine Eigentumswohnung in München, eine solide Beziehung. Man mochte und respektierte sich. Sehr viel mehr gab es dazu nicht zu sagen.

Nach dem Essen wurde getanzt. Als ein Unbekannter sie zum Tanzen aufforderte, dachte sie sich nichts dabei. Er war hier, also gehörte er wohl irgendwie dazu.

Jürgen hieß er. Er sah nicht besonders gut aus. War etwas schmächtig, kaum größer als sie. Aber er war ein wunderbarer Tänzer. Das sagte sie ihm auch.

Ja, er nickte. Drei Dinge kann ich wirklich gut. Denken, tanzen und vögeln.

Hat er das wirklich so gesagt?

Warst du empört?

Hast du weiter mit ihm getanzt?

Und dann?

Alle Mädels sprechen ganz aufgeregt durcheinander.

War sie empört? Nein, überrascht eher, überrumpelt. Das sagt man doch keiner Frau, dachte sie. Doch noch bevor sie etwas darauf antwortete, erschien Peter neben dem Paar. Er sei müde, meinte er, und er wolle nach Hause. Na ja, ein großer Spaßmacher war er noch nie gewesen. In diesem Moment war sie ihm aber fast dankbar. Das erlöste sie aus einer ungewohnt seltsamen Situation.

Ja, dann tschüs, verabschiedete sie sich etwas plötzlich von Jürgen. Ich muss weg.

Kommen Sie zurück? fragte er. Ich warte auf Sie.

Mein erster Gedanke war – er spinnt, erzählt Karin weiter. Doch zuhause, nach einem hingehauchten Gute-Nacht-Kuss und dem üblichen Hinweis von Peter: Machst du bitte bald das Licht im Bad aus, du weißt, ich kann bei Licht nicht schlafen, da veränderten sich plötzlich meine Gefühle. Ja. Ich machte das Licht aus, aber anstatt mich auszuziehen, abzuschminken und in mein Zimmer zu gehen, ging ich zur Haustür. Ganz leise verließ ich die Wohnung und kehrte zum Bamberger Haus zurück.

Denn plötzlich wusste ich es: Ich wollte den verrückten Typen noch mal sehen. Versteht ihr? Er hat nicht nach meiner Telefonnummer gefragt, kein Süßholz geraspelt, keine großen Komplimente gemacht. Und dann dieser Satz – ich warte auf Sie. Es war wie ein Sog.

Und, war er da? Die Mädels beugen sich vor, sind ganz im Bann der Geschichte.

Ja, er war da. Er lehnte lässig an der Eingangstür zum Saal. Er nahm meine Hand, als ich auf ihn zukam, küsste sie auf der Innenfläche und zog mich auf die Tanzfläche. Wortlos. Wir tanzten ganz eng, er hielt mich fest, berührte mein Gesicht und meine Haare nur ganz leicht mit seinen Lippen. Und wir sagten beide immer noch kein Wort. Ich glaube, ich habe in meinem ganzen Leben noch nie einen Mann so begehrt wie ihn in diesem Moment. Und dann, nach diesem einen Tanz, gingen wir. Einfach so. Im Taxi küsste er mich zum ersten Mal. Mein Gott, habe ich diesen Kuss ersehnt. Ich zitterte am ganzen Leib – wie ein Backfisch vor seinem ersten Date. Wir fuhren zu einem Hotel. Ich war erst etwas irritiert. Ein Zimmer für eine Nacht, und zuhause eine Ehefrau, vermutete ich. Aber wer im Glashaus sitzt, dachte ich weiter … immerhin schlief mein Mann auch nichtsahnend in unserer Wohnung. Doch offenbar wohnte Jürgen gar nicht in München. Nicht wundern, flüsterte er in mein Ohr. Ich lebe in Hamburg.

Die Fahrt im Aufzug werde ich nie in meinem Leben vergessen, erzählt Karin weiter. Er hob meinen Rock hoch bis zur Taille und zog mir mit einer Bewegung meinen Slip aus. Wie in Trance stieg ich aus meinem Höschen, und er steckte es in seine Jackentasche. Fetischist, murmelte ich leise, und er lachte.

Sein Zimmer war gleich gegenüber dem Lift. Gott sei Dank, denn mein Rock war immer noch nach oben gezurrt. Als der Lift hielt und ich ihn runterziehen wollte, schüttelte Jürgen nur den Kopf und hielt meine Hände fest.

So wie sie waren, landeten sie in Jürgens Zimmer sofort auf dem Bett. Nur sein Jackett legte er ab. Er warf es achtlos auf den Boden. Karin fing an, sein Hemd aufzuknöpfen … Schsch, flüsterte er leise. Noch nicht. Streichle dich jetzt erstmals selbst. Nun ja, es war ja nicht so, dass sie das nicht schon öfter gemacht hätte. Aber bis jetzt war sie dabei immer nur allein gewesen. Selbstbefriedigung vor einem Mann war schon eine andere Herausforderung. Aber ihr war in diesem Moment alles egal. Sie war so erotisiert – ich wäre wohl auch aus dem Fenster gesprungen, wenn er das gewollt hätte, sagt sie und lacht. Na ja, zumindest aus dem ersten Stock.

Sie tat es. Es war erregend, sich so schamlos zu fühlen. Sie hätte sich gewünscht, er würde ihre Brüste berühren. Doch das tat er nicht. Aber dann, kurz vor ihrem Höhepunkt, da schob er einen Finger in ihre Vagina. Und das war … unfassbar. Umwerfend, erschütternd, aufwühlend. Eine Explosion. Sie findet auch heute noch keine Worte dafür. Einen so starken Orgasmus hatte sie noch nie gehabt. Sie bebte am ganzen Körper, ihre Härchen stellten sich auf, und ihr war es, als ob sie in tiefen Wellen versinken würde.

Nur ganz langsam tauchte sie wieder zu der Oberfläche zurück. Das war wunderschön, sagte sie ihm. Und dann lachten sie beide.

Wir benahmen uns plötzlich völlig kindisch. Wir alberten herum, schlugen uns mit den Kissen, Jürgen fiel aus dem Bett auf den Boden, und das fanden wir auch wahnsinnig komisch. Wir lachten noch mehr.

Die Geschichte über das Lachen löst die Spannung am Tisch. Die Mädels holen hörbar Luft. Und dann?, fragt eine von ihnen. Habt ihr denn überhaupt noch miteinander geschlafen?

Doch, doch, beruhigt Karin sie. Aus dem Gerangel wurde eine Umarmung und ein leidenschaftlicher Kuss beendete die Albernheiten. Wir zogen uns langsam gegenseitig aus und schliefen miteinander. Ganz normal, sozusagen.

Aber die Geschichte nahm kein gutes Ende.

Oh Gott, hat dein Mann etwas gemerkt?

Nein, nein, wiegelt Karin ab. Ich war rechtzeitig wieder zuhause, wir haben getrennte Schlafzimmer, und Peter schläft so fest wie ein Murmeltier. Doch ich, ich war ganz durcheinander.

Karin war ganz verrückt nach Jürgen. Am liebsten hätte sie einen Koffer gepackt und wäre sofort mit nach Hamburg gefahren. Egal für wie lange. Aber es machte nicht den Eindruck, als ob er das auch wollte. Sie war sich nicht einmal sicher, ob er sie überhaupt wiedersehen wollte. Er sei die nächsten 14 Tage beruflich in Brasilien, erzählte er ihr. Er melde sich, wenn er zurück sei. Immerhin hatte er sie nach ihrer Telefonnummer gefragt. Doch seine hatte sie nicht. Du siehst sie ja auf dem Display, wenn ich dich anrufe, meinte er.

Drei Wochen später rief er an. Nach dem üblichen Geplänkel fragte er sie tatsächlich, ob sie sich wiedersehen könnten. Karin hätte vor Glück weinen können. Er sei in der nächsten Woche in Frankfurt, ob sie wohl einen Tag Zeit hätte? Natürlich, hätte sie schreien mögen. Wo und wann? Ja, das wisse er nicht ganz so genau. Er rufe sie noch mal an. Und – dieser Schweinehund – seine Nummer war unterdrückt. Sie fühlte sich schrecklich. So ohnmächtig und irgendwie unwürdig.

Zwei Tage später rief er wieder an und nannte sowohl das Hotel als auch ein mögliches Datum. Karin tischte aller Welt eine Menge Lügen auf und fuhr hin. Sie tat alles so, wie er es wollte. Sie kam erst am Abend an, fuhr ins Hotel und ging direkt auf sein Zimmer. Vorsorglich zog sie schon vor der Tür ihr Höschen aus und steckte es in die Handtasche. Als sie anklopfte, pochte ihr Herz mindestens genauso so laut wie ihre Klopfzeichen an der Tür.

Wir fielen sofort über uns her, erinnert sie sich. Wir rissen uns die Klamotten von Leib und gingen sofort ins Bett. Der Sex mit Jürgen war einfach fantastisch. Wir liebten uns immer wieder, drei oder viel Mal hintereinander. Er konnte sich immer im entscheidenden Moment zurückhalten, während ich einen Orgasmus nach dem anderen hatte. Bis er dann endlich sagte: Ich möchte jetzt auch kommen. Darf ich?

Könnt ihr euch so was vorstellen? Der Typ fragte wirklich, ob er kommen darf. Er durfte. Anschließend schlief er allerdings fast sofort ein, während Karin noch stundenlang wach lag. Trotz allem wunderbaren Knistern war sie traurig. Sie hätte sich gern auch mit Jürgen unterhalten. Hätte gern gefragt, was er eigentlich in Brasilien zu tun gehabt hatte, und wie es dort gewesen war.

Im Bett hatte er sie sehr verwöhnt. Sie war die Hauptperson, um die sich alles drehte, aber sonst war keine Nähe zwischen ihnen. Das tat weh.

Das wiederholte sich – ziemlich ähnlich – mehrere Male. Ich bin ihm hörig, dachte sie. Das war ein Begriff, unter dem sie sich bis dahin nichts hatte vorstellen können. Sie litt. Sie wollte ihn nicht mehr sehen. Und hatte doch nicht die Kraft, es ihm zu sagen. Im Gegenteil. Wenn er nur anrief, fühlte sie sich wie ein Kaninchen vor der Schlange – ohne eigenen Willen, zu allem bereit und auch noch glücklich über die Brosamen, die sie von ihm bekam.

Da nächste Mal – unsere Affäre dauerte bereits über ein halbes Jahr – sollten wir uns wieder in München treffen. Wunderbar, dachte ich. Genau zu diesem Zeitpunkt war Peter mit seinem Kumpel auf einer Radtour unterwegs, und ich bat Jürgen, zu mir zu kommen. Ich war der Meinung, dass eine normale, private Atmosphäre viel besser sei, um Nähe aufzubauen, anstatt sich wieder in einem anonymen Hotelzimmer das Bett zu teilen. Ich weiß, ihr haltet das für geschmacklos. Ich eigentlich auch. Trotzdem wollte ich das damals unbedingt so haben.

Jürgen reservierte trotzdem ein Zimmer im Hotel. Für sein Gepäck, seine Unterlagen, auch seine Telefoniererei, die er tagsüber zu machen hatte. Es war mir recht. Ich holte ihn am Abend ab, und wir fuhren zu mir. Und wieder hatten wir fantastischen Sex. Ich weiß nicht, wie er das machte, aber er konnte sich immer zum richtigen Zeitpunkt zurückhalten. Für mich war es großartig.

Könnt ihr euch das vorstellen? Ich hatte fünf, sechs Orgasmen. Ich war am Ende fix und fertig. Aber ich war die Königin der Nacht.

Irgendwann in dieser Nacht musste ich aufstehen. Und ... oh Gott – ich sah Peters Fahrrad im Flur an der Wand lehnen. Er war zurück! Hatte sein teures Rad hinaufgeschleppt und sich offenbar in sein Zimmer verzogen. Wann war er gekommen? Und: Hatte er uns gehört?

Jürgen muss weg, dachte ich sofort. Ich rannte in mein Zimmer, weckte ihn, warf ihm alle seine Klamotten in den Arm und wollte nur, dass er verschwindet. Schon gut, schon gut, murmelte er, zog sich an, nahm die Schuhe in die Hand, und ich begleitete ihn zur Tür. Und als er schon fast draußen war, da sagte ich ganz ruhig – obwohl ich total aufgeregt und aufgewühlt war: Das war's Jürgen. Ruf mich nie wieder an. Ich möchte dich nie wieder sehen.

Und dann fiel ich im Flur vor Peters Fahrrad auf die Knie: Liebes Fahrrad, ich danke dir!

die Eiskönigin

Neben Karin sitzt Brigitte. Sie ist die kleinste, schmächtige und schüchternste von allen. Sie räuspert sich. Nun ja, ich kann mit Karin nicht konkurrieren, sagt sie. Bei mir ... bei mir gibt es nichts zu erzählen.

Ach komm, bedrängen sie die Freundinnen. Du bist doch keine Jungfrau mehr. Irgendwas wirst wohl auch du schon erlebt haben.

Du darfst dir ja auch was ausdenken, erinnert sie Esther. Der Fantasie sind keine Grenzen gesetzt.

Brigitte denkt nach und lächelt plötzlich.

Ja, Fantasie, wiederholt sie. Da gab es tatsächlich was. Harmlos zwar, belanglos, unwesentlich, unwichtig – und doch. Damals hatte es eine große Bedeutung für mich.

Also gut. Vielleicht habe ich wirklich eine Geschichte für euch. E ist schon ein Weilchen her, fängt sie mit ihrer Erzählung an. Marille, ihre kleine Tochter, war gerade knapp vier Jahre alt. Und eigentlich war Brigitte glücklich. Sie hatte sich ihr Kind so sehr gewünscht. Als es auf die Welt gekommen war, so klein und zerbrechlich und doch so erstaunlich perfekt, da glaubte sie, vor lauter Glück zu zerbersten. Oh ja, sie kann noch gut erinnern, wie viele Stunden sie damit verbracht hatte, im Kinderzimmer ihr bezauberndes Baby zu betrachten. Sie sei ihr Püppchen, ihre Sternschnuppe, ihre kleine Sonne, flüsterte sie ihr zu. Sie liebte es, mit ihren winzigen Fingerchen zu spielen und sie zu küssen. Sie erzählte ihr Geschichten, die Marille noch gar nicht verstehen konnte, Sie summte Kinderlieder und lauerte nur darauf, ihre kleine Tochter lächeln zu sehen.

Ja, das Leben war damals einfach perfekt. Mit der Zeit wurde sie, wie sie es selbst nannte, „normal". Nicht, dass sie Marille weniger geliebt hatte, aber die Zeit lief einfach weiter. Sie waren jetzt eine Familie. Norbert war ein hinreißender Vater, sie eine glückliche Mutter. Konnte es etwas Schöneres geben?

Nun ja, um ehrlich zu sein, spielte sich seit Marilles Geburt zwischen Norbert und mir im Bett nichts mehr ab. Daran war eindeutig ich selbst schuld. Ich wollte es einfach nicht mehr. Norbert und ich waren schon vorher nicht so wahnsinnig aktiv. Aber wir schliefen doch relativ regelmäßig miteinander. Nichts Wildes natürlich, nichts Besonderes, Blümchensex im Ehebett halt. Einmal waren wir auf der Couch vor dem Fernsehen zusammen und ein- oder zweimal im Badezimmer. Darüber haben wir sogar hinterher gelacht. Doch jetzt war es anders. Zwar gehörten die Gutenmorgen- und Gutenachtküsschen immer noch zu unserem täglichen Ritual, und manchmal hielten wir auch Händchen, aber das war es dann auch schon.

Zunächst fand Brigitte diesen Zustand völlig in Ordnung. Nach einer Geburt verändert sich der Hormonhaushalt einer Frau, erklärte ihr der Frauenarzt. Da ist es völlig normal, dass man keine Lust auf ehelichen Beischlaf hat. Er hatte wirklich „ehelichen Beischlaf" gesagt, worüber sie schmunzeln musste. Warten Sie einfach ein paar Monate ab, und Sie werden sehen, alle stellt sich von allein wieder ein.

Doch aus den Monaten wurden Jahre, und nichts veränderte sich. Norbert war äußerst zuvorkommend. Nach einigen Versuchen, mit ihr zu schlafen, gab er es auf. Natürlich, sagte er. Er habe Verständnis. Für die weiblichen Hormone, für ihre Lage und überhaupt für alles. Schließlich sei Sex nicht alles. Viele Ehepaare – so habe er das öfter gehört und gelesen – schliefen nicht mehr oder nur noch sehr selten miteinander. Sie sollte sich bloß keine Gedanken seinetwegen machen.

Hast du ihm das geglaubt? fragt Julia.
Aber ja. Und ich war ihm dankbar dafür.

Aber sie war auch etwas beunruhigt. Vermisste er es wirklich nicht? Und sie? War sie wirklich mit diesem Zustand zufrieden? Vordergründig schon. Sie war froh, dass Norbert sie in Ruhe ließ und sie sich nicht ständig rechtfertigen musste. Andererseits aber … andererseits hatte sie ab und zu ganz wilde Träume. Wenn sie sich doch einmal betrinken würden, dachte sie, um alle Hemmungen zu vergessen. Dass Norbert … dass Norbert was??? Sie überfallen würde? Sie vergewaltigen würde? Ihre Bedenken und ihre Unlust einfach vom Tisch fegen würde? Ja, irgendetwas in der Art, aber so ganz genau wusste sie nicht, was sie sich wirklich wünschte. Vielleicht sollte sie mit ihrem Mann darüber sprechen? Wie aber um Himmels willen fing man so ein Gespräch an?

Sie suchte mit Bedacht einen Termin aus. Am Sonntag, dachte sie. Am Sonntag haben wir beide Zeit, und dann, nach einem gemütlichen Frühstück eröffnete sie – wie beim Schach – ganz behutsam die Partie.

Bist du mit unserer Ehe zufrieden?, fragte sie Norbert. Aber selbstverständlich, antwortete er und schaute sie verständnislos an. Was hast du denn? Ist irgendetwas nicht in Ordnung? Doch, doch, beeilte sie sich zu sagen. Alles ok, ich meine ja nur ... weil wir doch nicht mehr miteinander schlafen. Ich dachte deshalb, wir könnten mal vielleicht darüber sprechen. Aber das haben wir doch schon, meinte Norbert. Du weißt ja, dass mir das nichts ausmacht. Er tätschelte kurz ihre Hand und vertiefte sich wieder in seine Zeitung.

Mein Gott, bin ich feige, dachte sie. Sie haderte mit sich selbst. Dieses Gespräch war zu Ende, noch bevor es angefangen hatte. Ich hätte ihm sagen sollen, dass ich es bin, die unglücklich ist, dass es mir nicht genügt, so nebeneinanderher zu leben. Doch was wäre dann passiert?, beruhigte sie sich selbst. Dann hätte Norbert wahrscheinlich freudestrahlend gesagt, dass er ja gern mit ihr schlafen würde – wenn sie es nur wollen würde. Sie fühlte sich von ihren eigenen Gedanken überfordert. Wie lässt sich bloß ein solches Knäuel von Nicht-Wissen, von diffusen Gefühlen, Unsicherheiten und schlechtem Gewissen entwirren?

Hattest du denn wirklich schlechtes Gewissen?, fragt wieder Julia.

Und ob, antwortet Brigitte. Ich war ja an dieser Situation schuld.

Dann tröstete sie sich mit dem Gedanken, eine andere, bessere Situation für das Gespräch zu schaffen. Vielleicht in einem Restaurant? Ja, sie fand diese Idee gut. Sie beide entspannt, flott zurechtgemacht, an einem weiß gedeckten Tisch sitzend. Seit Marilles Geburt waren sie sowieso nur selten ausgegangen. Ihre beiden Eltern wohnten in einer anderen Stadt, und ein Babysitter war teuer, Sie leisteten ihn sich nur zu wirklich besonderen Anlässen. Spontanes Ins-Kino-Gehen oder Freunde treffen war nicht mehr möglich. Das machte ihr nicht so viel aus, hatte sie doch ihre kleine Tochter. Aber vielleicht spielte es doch eine Rolle für ihr asexuelles Leben? Vielleicht fehlten ihnen beiden Anregungen von außen: „Der genießende Mensch (...) gewinnt Munterkeit, wenn ein Tischgenosse ihm durch seine abwechselnden Einfälle neuen Stoff zur Belebung darbietet."

Diesen gescheiten Satz hat sie sich einmal aufgeschrieben, weil sie ihn so zutreffend fand. Er war von Immanuel Kant. Wie recht er hatte, dachte sie. Wir sind nicht mehr munter. Wir erleben keine Belebung mehr. Wir köcheln nur noch beide auf kleiner Flamme in unserem eignen Saft. Sie stellte sich die Überschrift zu diesem Thema in einer Frauenzeitschrift vor: „Soziale Armut führt zum Absterben der Libido."

Nun gut. Das soziale Leben anzukurbeln, das dürfte doch nicht so schwierig sein. Immer nur zwei, drei Leute einladen, ein unkompliziertes Essen herzaubern, notfalls einfach nur ein bisschen Käse und Rotwein auf den Tisch stellen.

Ihr war es so, als ob sie ein Doppelleben führen würde. Auf der einen Seite eine glückliche Mutter, auf der anderen eine unzufriedene, frustrierte alte Frau. Alt? Du meine Güte, sie war noch keine 40! Es gab Frauen, die mit 50, ja mit 60 ein großartiges, ein erfülltes Leben führten. Neulich hatte sie gelesen, dass eine Frau mit 90 ihren Doktor gemacht hatte. Und sie? Mit knapp 40 gehörte sie zum alten Eisen, und eigentlich war sie auch gar keine Frau mehr. Zumindest fühlte sie sich nicht mehr so. Konnte die „glückliche Mutter" dieses Manko aufwiegen? Manchmal. Manchmal aber eben auch nicht.

Doch die guten Vorsätze machten mich damals zunächst wieder fröhlich, erzählt sie nun. Irgendwie wird es schon weitergehen, dachte ich mir. Ist doch alles nur halb so schlimm. Und zumindest den Vorsatz mit den Einladungen schaffte sie zu verwirklichen.

Weißt du noch?, wendet sie sich an Sandra. Wir kannten uns damals schon, und du warst dann auch ein paar Mal bei uns. Sandra nickt. Natürlich erinnert sie sich. Es waren ungezwungene, heitere Abende. Sie war sogar ein bisschen neidisch auf diese kleine, scheinbar so glückliche Familie. Denn Marille war wirklich ein entzückendes, hübsches kleines Ding, Norbert immer sehr freundlich und liebevoll, und Brigitte schien sich pudelwohl zu fühlen.

Warum hast du mir damals nicht davon erzählt?, fragt sie ein wenig vorwurfsvoll. Wir waren doch befreundet?

Na und? Was hätte ich dir sagen sollen? Ich bin frigide geworden, bitte hilf mir?

Frigide bedeutet etwas ganz anderes, mischt sich Esther in das Gespräch ein. Frigide bedeutet, dass du keine Befriedigung beim Vögeln findest. Es bedeutet aber nicht, dass du gar nicht vögeln willst.

Das ist doch jetzt völlig egal, sagt Julia. Und zu Brigitte: Lass dich nicht rausbringen. Erzähl einfach weiter. Bist du denn mit Norbert ins Restaurant gegangen? Und hast du versucht, mit ihm noch einmal zu reden?

Ja, ein paar Wochen später. Ich habe einfach unser Kennenlern-Jubiläum dazu benutzt. Ich reservierte einen Tisch beim Italiener, zu dem wir früher öfter gegangen sind, bestelle einen Babysitter und lud Norbert zu diesem Essen ein.

Und da saßen sie nun. Norbert gelöst und offensichtlich ganz zufrieden mit der Situation, während Brigitte angespannt und nervös ein Grissino nach dem anderen knabberte. Jetzt iss doch nicht so viel, rügte Norbert sie. Du wirst gleich keinen Hunger mehr haben. Als ob das so wichtig wäre, dachte Brigitte und ärgerte sich gleichzeitig über seine Besonnenheit ebenso wie über seine Fürsorge, die sie als völlig überflüssig empfand.

Es ist mein Hunger, sagte sie trotzig. Vielleicht habe ich gerade Appetit auf diese Stangen und will nichts anderes?

Nun sei doch nicht so albern, erwiderte Norbert, wir sitzen hier doch nicht, damit du diese lächerlichen Stäbchen futterst. Wir wollten doch einen netten Abend verbringen.

Na und? Kann man nicht einen netten Abend mit Grissini verbringen? Ich finde sie sehr gut.

Sag mal, was hast du denn? Ist irgendetwas mit dir los?

Na ja, wenn du schon so fragst ...

Da war sie also, die Gelegenheit, auf die Brigitte so lange gewartet hatte. Doch gerade jetzt, in diesem Moment war alles ganz anders, als sie sich das vorgestellt und gewünscht hatte. Sie stritten sich, und daran war sie schuld. Ich habe es wieder vermasselt, dachte sie verzweifelt. Ich bin doch wirklich zu blöd.

Also, was ist?, fragte Norbert wieder nach.

Brigitte atmete tief durch. Jetzt oder nie, dachte sie und versuchte, nun wieder ganz ruhig und sachte, ihrem Mann zu erklären, dass sie an ihrer Beziehung, vor allem aber an sich selbst zweifle, weil sie nicht miteinander schliefen.

Aber du hast mir doch erklärt, dass du das nicht mehr magst, wandte Norbert ein. Und ich habe das akzeptiert. Wieso bist du jetzt deshalb unglücklich?

Das ist ja gerade das Problem. Verzweifelt versuchte Brigitte, ihm ihre Lage zu erklären. Aber Norbert verstand sie nicht. Sie nahm es ihm nicht übel. Sie verstand es ja selbst kaum.

Vielleicht sollten wir mit jemandem darüber sprechen, der was von solchen Dingen versteht?, schlug sie ihm schließlich vor. Was denkst du? Könnten wir zu einem Therapeuten gehen?

Einem Therapeuten? Norbert schaute sie völlig entgeistert an. Wir sollten zu einem wildfremden Menschen gehen, um mit ihm über unsere intimsten Dinge zu sprechen? Über unsere Probleme im Bett, die im Übrigen keine sind? Bist du jetzt völlig überschnappt?

Brigitte fing an zu weinen. Sie konnte sich nicht erinnern, sich jemals so hilflos und verlassen gefühlt zu haben.

Ich meine ja nur ..., schluchzte sie. Weil ich nicht weiß, wie wir sonst wieder zueinander finden können ...

Du hast dich doch nicht etwa tatsächlich bei deinem Mann auch noch entschuldigt, ruft empört Agnes.

Eigentlich schon, murmelt Brigitte etwas verlegen. Verstehst du, es war doch sowieso alles meine Schuld, und ich wollte doch keinen Streit. Und nicht auch noch irgendwelche zusätzlichen Probleme mit Norbert.

Schuld, Schuld, schnaubt wieder Agnes. Als ob immer nur einer an etwas schuld wäre. Zu einer Partnerschaft gehören doch zwei! Schon mal was davon gehört? Und es geht nicht darum, wer oder wann jemand den Karren in den Graben gefahren hat, sondern darum, wie man ihn da wieder herauszieht!

Lass sie in Ruhe, schlichtet Julia. Erzähl weiter.

Doch sehr viel mehr gab es nicht mehr zu erzählen. Zumindest nicht über diesen Abend. Norbert war dann schließlich doch ganz lieb und sanft und schlug ihr vor, „einfach nur die Hand auszustrecken", wenn ihr danach sei. Dann würde sich ganz bestimmt alles von allein einrenken. Und spät am Abend gab es dann im Bett wieder das übliche Gutenachtküsschen.

Ein paar Wochen später machte „die kleine Familie", wie Brigitte und Norbert sich selbst nannten, Urlaub in einem Robinson-Club in Apulien.

Es war unser erster Cluburlaub, erzählt Brigitte. Marille war ja mittlerweile fast vier und sollte bald in den Kindergarten, ich wollte deshalb, dass sie ganz zwanglos in so einem Mini-Club mit anderen Kindern zusammenkommt. Norbert hatte zwar wegen des Clubs erstmals Bedenken – organisierte Fröhlichkeit, nannte er das –, doch die Idee mit dem Mini-Club gefiel auch ihm, und so landeten sie an einem schönen Junitag in Süditalien. Der Club war einfach klasse. Norbert konnte ausgiebig Tennis und Handball und Wasserball und Fußball spielen. Brigitte kam endlich dazu, in aller Ruhe in einem Liegestuhl zu liegen und zu lesen, und Marille war begeistert von Olaf, ihrem neuen großen Spielkameraden – denn ihre Kindergärtnerin in diesem Club war ein Mann. Ein großer, netter, gutaussehender Bursche, vielleicht Mitte 20. Er lachte viel, und wenn er das tat, zog er seine Nase kraus und zeigte eine Reihe tadellos weißer Zähne. Braungebrannt und muskulös war er nicht nur der Schwarm von Marille, sondern von allen Kindern. Und, wie es schien, auch von deren Müttern.

„Der Rattenfänger von Hameln" nannte Brigitte ihn im Stillen, doch auch sie musste zugeben, dass Olaf einfach hinreißend und äußerst charmant war.

Er flirtete mit allem, was Beine hatte – zumindest weibliche. Auch mit Brigitte. Zuerst fand sie das albern. Nein, sie wollte sich keineswegs seinetwegen wie eine dumme Gans benehmen. So wie die anderen Mütter, wenn sie ihre Kinder abholten und plötzlich kicherten wie Teenies. Oder die jungen Mädchen, die ihm offensichtlich nachliefen, wenn er sich irgendwo auf dem Clubgelände blicken ließ, ob mit oder ohne die Kinder. Natürlich wollte sie hören, wie sich Marille in dem Mini-Club fühlte. Ob es ihr dort gut ging, und was sie so trieb – zum ersten Mal eine längere Zeit ohne ihre Mama. Aber sie stellte ganz bewusst nur sachliche Fragen und hörte Olaf zwar interessiert, doch ziemlich unberührt zu. Sie wollte sich auf keinen Fall auf einen Flirt mit ihm einlassen. Das sollte er ruhig merken. Wie peinlich wäre das denn – er könnte doch fast ihr Sohn sein.

Olaf tat so, als ob er ihre kühle Haltung überhaupt nicht bemerken würde. Er lächelte sie trotzdem an, machte schon mal liebenswürdige Bemerkungen über ihre Kleidung oder ihre Frisur und tat so, als ob sie beste Freunde wären.

Zuerst ärgerte ich mich darüber, erinnert sich Brigitte. Wie kommt er dazu, mich ebenso wie seine Fangemeinde zu behandeln, grollte ich. Merkt er denn nicht, dass ich das gar nicht will, dieser eingebildete, arrogante Schnösel! Er meint wohl, er kann jede Frau mit seinem Charme betören. Mich nicht!

Doch nach einigen Tagen erkannte Brigitte, dass ihr Widerstand zu schmelzen begann. Sie freute sich plötzlich doch, Olaf zu sehen, sie lächelte ihm immer öfter an und schließlich bemerkte sie – erstaunt über sich selbst –, dass sie sich eines Tages gar besonders sorgfältig angezogen und geschminkt hatte, bevor sie Marille abholte.

Du meine Güte, stellte sie fest. Ich flirte ja mit ihm. Und es macht Spaß!

Ach, jetzt kommen wir langsam zur Sache, wirft Sandra ein.

Aber nein, verteidigt sich Brigitte. Warte nur ab. Es war alles ganz anders, als du jetzt denkst.

Was war, konnte man in der Tat nur als eine flüchtige Berührung bezeichnen. Als Olaf ihr eines Tages die Zeichnung von Marille übergab, berührten sich ihre Hände. Olaf schaute ihr dabei tief in die Augen und schenkte ihr einen seiner unwiderstehlichen lächelnden Blicke. Und sie? Sie lächelte zurück und machte das Augenspiel mit, bis Marille sie am Rock zupfte, weil sie wissen wollte, wie ihr das Bild gefiel. Sie war nicht einmal rot geworden, doch sie registrierte, dass es dabei ganz heiß wurde ... und so kribbelig – wie früher mal ...

Ganz spät an diesem Abend, als Marille schon schlief, wollte Norbert noch mit ihr auf einen Drink in die Bar gehen. Nein, schüttelte sie den Kopf. Nein, sie wollte keinen Drink. Sie wollte allein sein. Und einfach noch ein Weilchen am Strand spazieren gehen. Kein Problem, meinte Norbert ... und so saß sie nur kurze Zeit später unter einem märchenhaft funkelnden Nachthimmel auf dem Sand, schaute dem Meer, dem Mond, den strahlenden Sternen zu und dachte ... An Olaf!, ruft ungeduldig Agnes dazwischen, als Brigitte eine lange Pause einlegt.

Nein, nicht an Olaf, an die Schneekönigin, antwortet Brigitte.

Schneekönigin?
Welche Schneekönigin?
Wieso Schnee? Wieso Königin?

Die Schneekönigin aus dem Märchen von Andersen, klärt Brigitte die offensichtlich verwirrten Freundinnen auf.

Ihr kennt das Märchen doch bestimmt. Wisst ihr noch? Da gab es ein Kinderpaar, das sich sehr liebte, Gerda und Kai. Sie waren Nachbarn und beste Freunde. Doch eines Tages entführte die Schneekönigin den Jungen. Gerda suchte ihn überall, bis sie ihn schließlich nach langer Zeit und vielen Abenteuern endlich in dem Eispalast der Schneekönigin fand. Aber Kai erkannte sie nicht, denn die Schneekönigin hatte sein Herz eingefroren. Gerda verstand das nicht und war verzweifelt. Und weil sie nicht wusste, was sie tun sollte, umarmte sie ihren Freund und weinte. Und da passierte das Wunder. Eine ihrer Tränen traf Kais Herz und taute den Eissplitter auf, der darin steckte. Da erkannte Kai seine Freundin, küsste und koste sie. Und dann kehrten die beiden nach Hause und lebten dort glücklich und zufrieden. Und wenn sie nicht gestorben sind, dann leben sie immer noch.

Sorry, sagt Sandra. Es ist ein schönes Märchen, aber was hat es mit dir zu tun?

Aber versteht ihr es nicht? Ich war wie Kai. Mein Herz war kalt.

Ja, Brigitte saß damals lange so allein am Strand. Sie weinte, doch sie war glücklich dabei. Sie fühlte sich wieder so jung und so lebendig. Es war, als ob ihre Tränen ihr Herz auftauen würden. Sie war Olaf dankbar. Nicht, weil er mit ihr flirtete. Und auch nicht, weil sie ihm vielleicht gefiel. Nein, das Gefühl war viel komplizierter. Sie war glücklich, weil es ihr klar wurde, dass sie ihn begehrte. Und eigentlich ging es dabei gar nicht um Olaf.

Sondern?, fragt Heike.

Sondern darum, dass ich überhaupt dazu fähig war, wieder einen Mann zu begehren.

Ich bin eine Frau, flüsterte sie den Sternen zu. Ich bin wieder eine Frau.

Als sie sich mitten in der Nacht leise in ihr Zimmer schlich, schliefen Norbert und Marille ganz fest, Sie machte kein Licht an und kuschelte sich unter ihre Bettdecke. Und dann, wie von selbst, fand ihre Hand den richtigen Weg.

Der Messner

Deine Geschichte erinnert mich an den Messner, kommentiert Esther Brigittes Schilderung nach einer kurzen Schweigepause.

Messner?

Was für ein Messner?

„Messner" heißt eine Erzählung von Hermann Bahr. Da gibt es einen Mann, der eine ständig übelgelaunte Frau hat. Er leidet ziemlich unter ihren Launen, möchte sich aber nicht von ihr trennen. Und so kommt er eines Tages auf eine Idee. Er engagiert einen Messner, also einen katholischen Kirchendiener, der ziemlich viel freie Zeit hat und bezahlt ihn dafür, dass er seiner Frau schöne Augen macht. Wo immer sich also das Ehepaar befindet, sitzt der Messner nun in der Nähe, schaut die Frau dauernd an und lächelt ihr zu. Und was soll ich euch sagen? Von nun an ist die Frau wieder frohgelaunt und vergnügt.

Ach du mit deinen intellektuellen Kapriolen, lacht Sandra. Mag ja ganz witzig sein, aber hier geht es um Brigitte.

Genau, mischt sich jetzt auch Julia in das Gespräch ein und wendet sich an Brigitte:

Ich respektiere zwar dein Ende, möchte aber brennend doch noch etwas wissen. Darf ich dich etwas fragen?

Was möchtest du denn wissen?

Wie es mit Norbert weiterging. Ging es dir danach besser mit ihm?

Nun, sagen wir mal so: Ich habe dann tatsächlich irgendwann mal die Hand ausgestreckt. Es ist nicht ganz so wie früher, aber das ich wohl der normale Lauf der Dinge. Doch wir haben immer wieder mal Sex miteinander, und mir geht es ganz gut dabei. Und darauf kommt es schließlich an, oder?

Also ... Agnes hebt ihr Glas hoch. Trinken wir auf Brigitte!

Jour fixe

So einen Messner brauchen wir nicht, sagt Sandra. Wir hatten eine andere Idee für unsere Ehe. Die hat sich auch als ganz gut herausgestellt.

Ach?
Was denn?
Erzähl schon!

Also – wir haben einen Jour fixe. Jeden Montagabend schlafen wir miteinander. Egal, was sonst noch in der Woche passiert. Dieser Abend gehört nur uns.

Oh Gott, ist das nicht langweilig?
Das hört sich mehr nach einer Pflicht an statt nach Vergnügen.
Da würde ich bereits am Sonntagabend kalte Füße kriegen.
Absurd!
Abwegig!

Die Kommentare der Freundinnen überschlagen sich. Doch Sandra lacht nur. Wartet doch einen Moment. Wartet. Sie wendet sich Claudia und Julia zu: Ihr geht doch jeden Montag zusammen zu eurem EMS-Sport. Und dann Kaffee trinken. Und wie denkt ihr vorher darüber? Ich freue mich immer drauf, antwortet Claudia. Ich auch, sagt Julia.

Seht ihr? Stefan und mir geht es genauso. Wir freuen uns darauf. Es ist ja nicht so, dass wir einfach nur ins Bett hüpfen, um Sex zu haben. Wir reden, wir essen, wir trinken, wir sind füreinander da und lassen es uns gut gehen. Und manchmal lassen wir uns für unseren Abend auch etwas einfallen.

Zum Beispiel?

Ach, immer mal was anderes. Einmal haben wir zusammen einen Porno angeschaut. Aber das fand ich schrecklich. Wieso ein Schwanz oder eine Muschi in Großaufnahme lustfördernd sein sollen, ist mir ein Rätsel. Ich verstehe nicht, warum die meisten Männer auf so einen Kram abfahren. Mich törnte das jedenfalls überhaupt nicht an. Also haben wir damals einen anderen Film gesucht. Und gefunden. „9½ Wochen" mit Mickey Rourke und Kim Basinger.

Aaaaah, ein Seufzer geht durch die Runde. Diesen Film kennen sie alle.

Die Szene mit den Eiswürfeln war irre, sagt Julia.

Ganz genau – und deshalb haben wir die auch nachgespielt.

Kichernd waren sie damals in die Küche gelaufen und hatten das Eisfach geplündert. Zwei Würfel reichten, fand Stefan. Eine für jede Hand. Und weil die so kalt waren, hatte er Handschuhe angezogen. Sandra lachte und lachte. Zurück im Bett legte Stefan erst mal die Würfel und die Handschuhe zur Seite. Er leckte ihre Brustwarzen, bis sie sich aufrichteten und ganz fest wurden. Dann zog er wieder die Handschuhe an, nahm die Eiswürfel und massierte mit ihnen weiter ihre Brustwarzen. Jetzt lachte sie nicht mehr. Es war kalt. Aber auch prickelnd und erregend. Ganz schnell wollte sie mehr. So richtig vögeln, ihn in sich spüren, oben kalt und unten heiß – was für eine tolle Kombination.

Irgendwann waren die Eiswürfel weggerutscht, die Handschuhe hatte Stefan auch entsorgt. Er nahm einen Nippel wieder in den Mund. Das fühlte so unglaublich warm an, nach der Eismassage. Den anderen streichelte er ganz sanft mit der Hand. Er drang in sie ein, doch noch bevor er sich überhaupt rührte, kam sie. Und dann gleich noch einmal, als er seinen Schwanz sachte rein und raus bewegte.

Ein anderes Liebesspiel, das sie liebte, war „Fremd in einem Hotel". Im Prinzip war das ganz einfach. Einer von den beiden mietete in München in irgendeinem Hotel ein Zimmer für die Nacht. Manchmal im „Vier Jahreszeiten" oder dem „Bayerischen Hof". Manchmal aber auch in einer Absteige. 18 Uhr war Deadline. Sie betraten also das Hotel und suchten sich. Mal fanden sie sich in der Lobby, mal im Restaurant, mal in der Bar. Der Treffpunkt war nicht verabredet. Und dann spielten sie das „Anmachen". Sie flirteten miteinander, erzählten sich gegenseitig fantasievolle Lebensläufe. Irgendwann berührten sich ihre Hände, dann legte er seine Hand auf ihr Knie ... Ein bisschen war es wie in einem schlechten Film, bei dem das Ende absehbar war. Trotzdem war es amüsant. Und das Ende tatsächlich absehbar, denn sie landeten immer in dem gemieteten Zimmer im Bett.

Ab und zu nahmen sie die blaue Pille. Das war auch nicht schlecht. Es verlängerte das Vergnügen eindeutig. Und außerdem war es prickelnd zu warten, bis die Wirkung einsetzte. Ich habe sie übrigens auch mal ausprobiert, erzählt Sandra weiter, aber bei mir nutzte sie kaum.

Meistens gehörte zu unserem Montagabend ein schönes Essen. Wenn wir selbst kochten, konnte auch schon mal die Küche „entweiht" werden. Ein Küchentisch hat gerade die richtige Höhe zum Vögeln, hatten wir schon vor Jahren festgestellt. Egal ob im Sitzen oder im Liegen. Ins Restaurant zu gehen, ist aber auch ein besonders Vergnügen. Nicht nur wegen des Essens.

Sag jetzt aber nicht, dass ihr euch auf der Damentoilette vergnügt, lacht Claudia. Nein, nein, winkt Sandra ab. Darum geht es nicht – obwohl wir das tatsächlich auch schon mal ausprobiert haben. Aber das wollte ich euch gar nicht erzählen, obwohl das recht prickelnd war. Nein, worum es geht, ist, was ich an diesen Abenden anziehe, beziehungsweise ausziehe.

Machst du auf sexy?
So mit großem Ausschnitt und kurzem Rock?
Und High Heels?

Nicht unbedingt. Von außen sieht man nichts. Doch darunter ... oh, là là ... kein BH, kein Höschen, selbsthaftende Strümpfe und natürlich ein Rock. Und Beine übereinanderlegen ist tabu. Und wenn man dann brav am weiß gedeckten Tisch sitzt, Beine etwas auseinander, Brustwarzen aufgerichtet wegen der ungewohnten Reibung, das macht so geil, dass man nach Erlösung geradezu lechzt. Robert weiß das natürlich und gießt ab und zu noch mehr Öl ins Feuer. Immer wieder streichelt er unter dem Tisch Sandras Beine, die Knie, die Oberschenkel und auch die nackte Haut oberhalb der Strümpfe ...

Danach, im Auto, da hält Sandra diese Spannung nicht länger aus. Sie zieht den Rock hoch und will es sofort haben. Egal, was: Roberts Hand, ihre eigene oder Sex auf der Rückbank. Und zuhause endlich dann auch das Bett.

Die Unterhose

Im 16. Jahrhundert hättet ihr beide, Karin und Sandra, höchstes Lob von der Kirche bekommen, lacht Esther. Zumindest dafür, dass ihr unten ohne unterwegs wart.

Wie bitte?
Was erzählst du da?
Was haben Höschen mit der Kirche zu tun?

Na ja, als irgendjemand dieses Wäschestück damals kreierte, da waren es die Kurtisanen, die die Idee wohl gut fanden. Vor allem die Straßenmädchen in Venedig wurden für die knielangen Höschen aus Samt oder Seide berühmt. Die Kirche war über diese „Hurentracht" so empört, dass sie sie offiziell verfluchte. Eine anständige Frau rührte so ein anstößiges Ding ohnehin nicht an. Sie blieb untenrum, wie es sich gehörte, nämlich nackt.

Wie praktisch, murmelt Julia. Das war wohl oft ziemlich hilfreich.
Ja, vor allem, wenn es schnell gehen sollte, fügt Karin hinzu.

Und wann wurde das Höschen salonfähig, also anerkannt?, fragt Sandra.

Ach, das dauerte noch ein Weilchen. Noch im 18. Jahrhundert galt ein Schlüpfer als unschicklich. Höchstens alte, verfrorene Frauen oder Mägde beim Fensterputzen zogen die Dinger an. Kompliziert wurde es erst im 19. Jahrhundert. Da kam nämlich die Krinoline in Mode. Doch die hatte eindeutig ihre Tücken. Setzte sich zum Beispiel eine Dame, dann hob sich der Drahtkäfig bis zur Nasenspitze und ließ den Blick frei auf die unteren Regionen. Und wenn sie sich bückte, präsentierte sie ihren nackten Po.

Die Mädels lachen jetzt alle.
Dann wurden die Damen also untenrum bekleidet?, fragen sie Esther.

Genau. Man erfand lange Futterale aus Baumwolle. In England nannte man sie „die „Unaussprechlichen", in Frankreich „die Unentbehrlichen" und in Deutschland schlicht und einfach die „Beinkleider". Doch sie waren nach wie vor offen – an der wesentlichen Stelle.
Doch stellt euch die damalige Frau vor – in dem ganzen Gewirr ihrer Unterröcke, im Korsett, in den Volants und Spitzen ihrer Unterwäsche – und dann, wenn es gerade dringend ist, gezwungen, sich von diesen Ungetümen zu befreien. Bei einem offenen Höschen dagegen, da genügte es, den Rock zu lüpfen. Und zwar genauso für einen Liebhaber wie für den Nachttopf.

Esther

Geschichte der O

Ich muss euch gestehen, dass ich das Thema Höschen ausgesprochen faszinierend finde. In dem Buch „Geschichte der O" wird fast genau so eine Szene beschrieben, wie du sie erlebt hast, Sandra. O fährt mit ihrem Freund im Auto, Sie hat aus Liebe zu ihm eingewilligt, seine Sklavin zu werden, und ist bereit zu lernen, was sie dafür tun muss und was sie unter keinen Umständen tun darf. Das Erste, was sie lernt: Sie muss – noch in dem Auto – ihr Höschen ausziehen, für immer, denn eine Sklavin trägt es niemals. Und – sie darf die Beine nicht übereinander kreuzen. Sie muss sie in Anwesenheit ihres Herrn immer ein bisschen auseinanderhalten, so, dass er jederzeit Zugriff zu ihrer Mitte hat.

Und das macht dich an?

Ja. Die Feministinnen sind damals gegen dieses Buch auf die Straße gegangen, aber ich fand die Geschichte gut. Gut und aufreizend. Denn eine gewisse Unterwerfung ist einfach erregend.

Für diese Meinung werden dich die Feministinnen aufs Schafott schleppen, lacht Viola. Ach was, hier geht es doch nicht um Unterdrückung oder Gleichberechtigung. Es geht um Sex. Und wenn die Unterwerfung im Bett gewollt und selbstbestimmt ist, dann ist sie einfach nur geil. Und in der Fantasie sowieso! Die Fantasie übertrifft die Realität ohnehin bei Weitem.

Haben sich das nicht vielleicht nur Männer so ausgedacht?, fragt Verena.

Mitnichten! Die schärfste erotische Lektüre ist von Frauen geschrieben! Die Männer stehen auf Porno. Aber Fantasie, Erotik, Sinnlichkeit, das ist Frauensache! Denkt nur an Anaïs Nin, die „Claudine" von Colette, „Vögelfrei", „Angst vorm Fliegen" oder „Fifty Shades of Grey". Und auch „Geschichte der O" ist von einer Frau.

Ich habe mal in einem erotischen Roman gelesen, wie ein Mann in die „Liebesperle" seiner Freundin beißt. Das schreibt doch keine Frau!

Autsch!

Na hör mal, das muss überhaupt ein Alien geschrieben haben – der weder von der Physiologie noch von den Frauen eine Ahnung hat! Eine Liebesperle – eine sehr schöne Bezeichnung übrigens – braucht Zärtlichkeit und keine Zähne. Wenn ein Mann meine Liebesperle so behandeln würde, würde ich ihm in die Eier treten.

Apropos Liebesperle ... Agnes steht plötzlich auf, läuft aus dem Zimmer und kommt gleich wieder mit einem dicken Buch in der Hand.

Ich muss euch was vorlesen.

„Sie zog mich ins Bett. Sie küsste mich; sogleich legte ich den Finger an die Stelle, von der ich wohl annahm, dass sie ihn dort gern hätte; ich täuschte mich nicht; sie spreizte die Schenkel und folgte meinen Bewegungen. Ich wollte noch mehr wissen; daher ließ ich meinen Finger in ihre Bonbonniere gleiten, und die Leichtigkeit, mit der er eindrang, versetzte mich ins Entzücken."

Zitatende.

Du meine Güte, was ist denn das für ein Buch? „Der Blick hinter den Vorhang oder Lauras Erziehung" von Mirabeau. Oder, um es ganz genau zu sagen: Honoré Gabriel de Riqueti, Comte de Mirabeau. Geschrieben im 18. Jahrhundert.

Nobel, nobel Bonbonniere also, auch nicht schlecht. Gefällt mir.

Das ist jetzt aber von einem Mann, sagt Brigitte.

Na klar, antwortet Agnes. Du bist gut. Damals durften Frauen doch noch gar nicht schreiben.

Aber zurück zu Esther, erinnert Karin.

Hast du etwas erlebt, was deine Fantasie befriedigt hat?

Oh ja, Esther denkt gern an diese kleine Ferienaffäre. Sie war damals mit einer Freundin in Spanien, nur um eine Woche nichts zu tun und in der Sonne zu faulenzen. Im selben Hotel wohnte auch eine Männerclique aus Köln. Sie haben dort irgendwelche Tennis-Meisterschaften gespielt. Unwichtig. Als es an einem Tag aber wie aus Kübeln regnete und sie alle in der Lobby des Hotels an der Bar ihre Zeit totschlugen, kam man sich etwas näher. Und siehe da, einer von ihnen war richtig interessant. Heiner war ein richtiger Industrieller, hatte aber mehr als seine Geschäfte im Kopf. Er war belesen, kannte sich in der Kunstszene aus und war ausgesprochen witzig und charmant.

Langer Rede kurzer Sinn – sie waren alle ziemlich angetrunken, die Freundin verabschiedete sich rechtzeitig, und Esther landete mit Heiner in seinem Zimmer.

Er war ein Sportler durch und durch. Muskulös, stark, ausdauernd – und ein sehr guter Liebhaber. Und weil ich nicht mehr ganz nüchtern war, erzählte ich ihm ungeniert von der Geschichte der O.

Möchtest du mein Herr sein?, fragte ich ihn.

Ja, antwortete er. Und was soll ich dafür machen?

Nichts. Ich erzähle dir nur eine Geschichte.

Stell dir vor, wir gehen zusammen auf einen Ball. Ich bin nackt und trage nur eine Maske und einen Samt-Umhang. Welche Farbe soll der Umhang haben?

Dunkelblau, bestimmte Heiner und streichelte mich, offensichtlich wieder sehr erregt.

Dunkelblau, wiederholte ich. Gut. Ich muss nun alle machen, was du möchtest. Da ist eine andere schöne Frau. Möchtest du, dass ich sie küsse?

Ja, du musst sie küssen. Und ihre Brüste streicheln.

Und du?

Ich streichle deine Brüste.

Und hebst du den Umhang hoch und nimmst du mich von hinten?

Ja! Und das tat er auch tatsächlich. Er drehte Esther auf den Bauch, hob ihren Po hoch und fickte sie von hinten wie einen Hund.

Als sie sich in der Früh, wie ein Dieb, ganz leise in ihr Zimmer schlich, fühlte sie sich jünger und schöner und war so beschwingt und munter wie schon lange nicht mehr. Die Nacht mit Heiner war ein Aphrodisiakum für ihr Lebensgefühl.

Zufällig waren sie beide noch vier Tage in diesem Hotel. Sie verbrachten alle Nächte zusammen. Aber auch am Tag zeigte Heiner ihr deutlich seine Zuneigung. Sie saßen oft zusammen, diskutierten, lachten. Seine Freunde ahnten trotzdem nichts. Denn Heiner war verheiratet und galt als ganz und gar treu. Sie wusste, dass er seine Frau liebte. Das störte sie nicht. Sie befanden sich in einem anderen Universum, das nur ihnen beiden gehörte.

Sie sagten sich zweimal Lebewohl. Einmal in Heiners Zimmer. Und einmal ganz offiziell vor der ganzen Clique.

Ich liebe Dunkelblau, flüsterte er ihr zum Abschied ins Ohr. Ich werde dich nie vergessen.

Sex oder Liebe

Wie nennst du eigentlich eine Beziehung, die fünf oder sechs Nächte dauert?, fragt Verena. One-Night-Stand wohl nicht mehr?

Die Frauen lachen.

Wohl nicht, schmunzelt Esther. Den Begriff Six-Night-Stand hat leider keiner erfunden. Aber nenne es doch eine Affäre, ein amouröses Abenteuer oder Liebelei.

Liebelei, wiederholt Verena. Das gefällt mir. Als ob es eine kleine Liebe wäre.

Na ja, seien wir doch ehrlich, meldet sich Sandra. Mit Liebe hat so eine Sexaffäre nichts zu tun. Gott sei Dank sind die Zeiten vorbei, als man nur den Männern einen Seitensprung zugestand, während man davon fest überzeugt war, eine Frau könne nur dann Spaß am Sex haben, wenn große Gefühle im Spiel sind.

Und doch gibt es einen Unterschied, sagt Esther. Ich glaube, als Frau kann man zwar Sex ohne Liebe, aber nicht ohne Erotik haben, Sex ohne Sinnlichkeit macht keine Freude. Es muss schon knistern!

Das Thema interessiert sie alle, und die Diskussion wird hitzig. Eigentlich sind sie sich einig, dass die Verbindung von Liebe, Erotik und Sex perfekt wäre. Körper, Geist und Seele, doziert Esther, das war schon bei den alten Griechen ein Ideal. Aber wann hat man das schon, bemerkt Julia. Und wenn, dann für wie lange? Und noch eine

Frage beschäftigt sie alle: Wie entsteht eigentlich Erotik? Muss der Mann gut aussehen? Die richtigen Schuhe tragen? Oder mit großem Wissen glänzen? Das gewisse Etwas, lässt es sich definieren?

Ich verrate euch ein Geheimnis, gesteht Sabrina: Mich muss ein Mann zum Lachen bringen, bevor ich mit ihm ins Bett steige. Und wenn er sich als guter Liebhaber erwiesen hat, bin ich auch zu einer Wiederholung bereit.

Und schon entbrennt die nächste Diskussion. Wann ist ein Mann ein guter Liebhaber? Eine schwere Frage, die vielleicht gar nicht zu beantworten ist. Die eine mag es sanft, die andere heftig. Eine will, dass es dabei still zugeht, eine andere wiederum möchte reden und liebt schmutzige Ausdrücke. Immerhin sind sie sich alle einig: Er muss ausdauernd sein, die Körpersprache der Frau verstehen und so viel Einfühlungsvermögen haben, dass er genau das begreift, was sie will. Wobei – manchmal lernt frau wohl dazu und entdeckt ganz neue Welten.

Mein Jürgen war im Bett ja eine Granate, erinnert sich Karin. Ich habe bei ihm sehr viel gelernt. Leider war er sonst halt etwas spröde.

Einfacher ist es, die Don'ts zu definieren.

Wenn einer nach dem Vögeln erst fragen muss, ob es dir gefallen hat, hat er entweder nichts verstanden oder er war so mies, dass es nichts zu beachten gab, sagt Verena.

Noch schlimmer aber ist die Frage „Wie war ich?", bemerkt Julia. Wenn du die mal hörst, steh auf und lauf weg.

Endlich bringt Esther den Austausch auf einen Nenner: Die Befriedigung der Frau befriedigt auch den Mann. Und schließlich wusste schon Ovid: „Das ist Genuss, wenn zugleich Mann ihn empfindet und Weib."

Julia

der alte Freund

Als Nächste ist Julia an der Reihe. Sie freut sich schon darauf, ihre Geschichte zu erzählen, denn mittlerweile haben die Mädels ihre Scheu vor dem ungewohnten Gesprächsthema aufgegeben und amüsieren sich über jede Story.

Mein Alltag war so endlos langweilig, fängt sie nun an. Ich weiß, das ist der Alltag eigentlich immer. Deshalb heißt er ja so. Aber es müsste doch Mittel und Wege geben, um daraus auszubrechen, überlegte ich. Sollte ich mr einen Liebhaber anschaffen? Oder ein neues Hobby?

Ich möchte mit dir im Wald vögeln, auf einer Lichtung. Oder auf einer Wiese, im hohen Gras, sagte sie eines Tages zu ihrem Mann. Wäre doch eine Abwechslung in unserem Leben. Herbert schaute sie verständnislos an. Sonst noch was?, fragte er.
Vielleicht mit Zuschauern, auf einer Tribüne rundherum?
Das eigentlich nicht, dachte sie. Aber vielleicht wäre auch das spannend. Auf jeden Fall spannender als mit dir im ehelichen Bett. Und hinterher immer duschen ...

Nur ein paar Tage später traf sie Erik. Sie saß im Café Literaturhaus mit einer Freundin, als ein fremder Mann die beiden fragte, ob er sich dazusetzen könne. Na klar, signalisieren die Frauen. Alle anderen Tische waren bereits besetzt, und sie hatten noch viel Platz. Doch als der Fremde Platz nahm und sich bedankte, da stützte Julia. Erik?, fragte sie, etwas unsicher. Offenbar ging es ihm ähnlich. Er schaute sie an, stutzte ebenfalls und fragte: Julia? Sie waren niemals ein Paar gewesen. Aber gute Freunde während ihrer Studienzeit. Sie gehörten derselben Clique an, die im Winter gern zum Skilaufen und im Sommer zum Segeln, Schwimmen oder Wandern unterwegs war. Als sie anfingen, wie alte Veteranen über alte Zeiten zu schwadronieren, verabschiedete sich die Freundin.

Kannst du dich noch an diesen Bauernhof bei Salzburg erinnern? Und: Weißt du noch, wie toll wir die Fondues in Val d'Isère fanden? Ach ja, und da war doch dieser kapitaler Ski-Sturz von dir – 300 Meter talwärts auf dem Hintern runtergesaust.

Sie redeten und redeten, die Zeit verflog, und irgendwann, als sie wieder gemeinsam lachten, da legte Erik seine Hand auf die ihre.

Sie verstummten. Ihre Blicke trafen sich, Julia fühlte, wie sich die kleinen Härchen auf ihren Armen aufstellten. Sie hielt die Luft ein, und in ihrem Hals bildete sich ein Kloß.

Ich weiß, das hört sich schrecklich kitschig an, und von der Liebe auf den ersten Blick kann man bei uns ja nun wirklich nicht sprechen, aber es war so, als ob wir uns zum ersten Mal gesehen hätten. Etwas war passiert, ohne dass wir wussten, wieso oder warum.

So ähnlich wie in dem Song von Herbert Grönemeyer?: Tausendmal berührt, tausendmal mal ist nichts passiert, und dann macht es auf einmal Wum.

Genau so, Verena. Es hat Bum gemacht.

Als ich den Kloß heruntergeschluckt hatte, fragte ich:
Bist du verheiratet? Erik nickte. Und du? Ich nickte ebenfalls. Also weder zu mir noch zu dir, flachste ich. Erik
schaute auf die Uhr, Lass uns in meine Kanzlei gehen.
Dort ist jetzt niemand.

Gott sei Dank gab es in Eriks Büro eine Couch. Wir liebten uns wild und ungestüm. Und nicht nur auf der Couch.
Das Sideboard hatte genau die richtige Höhe. Wenn sie
oben saß, brauchte sie nur die Beine spreizen, damit er
in sie gleiten konnte. An seinem Schreibtisch konnten
sie miteinander vögeln, wenn sie sich darauf stützend
vorbeugte und er von hinten kam. Und auf dem Boden
lag ein dicker Teppich – da ging es auch.

War schon praktisch, so ein Büro. Auf die Dauer war es
aber etwas mühsam. Egal, wie viel Spaß es machte, diverse Möbel zu „entweihen", ein Bett ist ein Bett und
einfach nicht zu toppen.

Nur sehr selten hatte Erik Termine in anderen Städten.
Doch dann reiste sie immer mit, und sie genossen ihr
Hotelzimmer. Von so einer Reise hat Julia zwei Erinne-
rungen mitgebracht, die sich tief in ihr Gedächtnis ein-
gebrannt haben.

Erik auf dem Stuhl, unten ohne, oben aber noch mit
Hemd und Krawatte und sie auf ihm reitend. Die Krawatte über die linke Schulter nach hinten geworfen, Augen geschlossen, lächelnd.

Sie beide beim Vögeln vor einem Wandspiegel. Sie nach vorn gebeugt und Erik hinter ihr, der immer wieder sagt: Schau dich an, wie geil du bist. Schau dich an ...

Und dann gab es noch ihre Ausflüge ins Freie. Ein Picknick ohne Picknick – aber mit Decke, einer Weinflasche und zwei Bechern. Sie liebte es, sich im Freien zu lieben. Es war zwar etwas hart, aber dabei so herrlich ungezogen und übermütig. Einmal ist ein Spaziergänger am Rande „ihrer" Lichtung stehen geblieben. Sie erstarrte, doch Erik hob nur den Kopf und fragte: Was ist? Wollen Sie mitmachen? Der Spaziergänger verschwand, sie lachten beide und vögelten glückselig weiter.

Als sie anschließend erschöpft nebeneinander lagen, schnupperte sie an seinem Schwanz, der nach ihrer Möse roch. Der Duft der Erde und der Duft des Fickens, dachte sie. So ist es richtig. Wunderbar.

Sie konnte alle diese Worte nicht vor ihren Freundinnen aussprechen. Es hatte sowieso etwas gedauert, bis sie überhaupt gelernt hatte, mit ihnen umzugehen. Zunächst bekam sie nur rote Ohren, wenn Erik sie benutzte. Doch dann fand sie Gefallen daran. Fick mich, sagte er ihr schon damals, als sie zum ersten Mal auf der Couch miteinander schliefen. Da erstarrte sie, und er lachte. Habe ich dich schockiert? Ja, gab sie zu. Doch dann küsste er sie liebevoll, streichelte sie zärtlich und bewegte sich ganz langsam, bis ihre Begierde wieder erwachte. Aber kurz vor ihrem Höhepunkt hörte er ganz auf und forderte sie auf: Sag es! Sage: Fick mich! Ich, ich k-k-kann nicht ... stotterte sie. Dann höre ich auf, drohte er. F-f-fick mich, stammelte sie wiederum ganz leise. Ok, ich tu's! Und er tat es.

Das Spiel wiederholte sich vielleicht noch zwei- oder dreimal. Dann musste er es nicht mehr verlangen. Im Gegenteil. Es geilte sie auf, alle diese Worte zu benutzen, Schwanz, Möse, Ficken, Lecken … Die vulgäre Sprache machte sie frei. Frei und hemmungslos. Sie flüsterte ihm so schreckliche Sachen zu wie „Besorg's mir" und „Ich bin deine Sexsklavin".

Ja, das war eine wunderbare, eine beglückende Affäre. Sie wussten beide ganz genau, worauf sie sich einließen. Es gab nie Eifersuchtsszenen oder Vorwürfe. Sie mochten sich. Sie konnten über alles miteinander reden – Familienangelegenheiten allerdings ausgeschlossen, die waren tabu –, und der Sex war überwältigend.

Und dann?, fragt Karin.
    Dann ist er nach Hamburg gezogen, und das war unser Ende. Er hat es mir bei einem Spaziergang im Englischen Garten gesagt. Wohlweislich. Denn ich habe geheult wie ein Schlosshund. In einem Café hätten wir sicher Aufsehen erregt.

Wahrscheinlich war ich doch mehr in ihm verliebt, als ich es wahrhaben wollte.

Nach der Trennung von Erik fing Julia an zu joggen. Da konnte sie ganz allein vor sich hinlaufen und dabei weinen. Niemand beachtete sie, und die Tränen taten ihr gut. Ein Gedanke tröstete sie stets: Immerhin hatten sie sich im Guten getrennt. Und sie hatte die ganze Zeit gewusst, dass diese Affäre nur eine Sackgasse sein konnte. Es wäre halt schöner, sie wäre etwas länger gewesen.

Essen

Sag mal, Agnes, hast du es gewusst? Worüber wir heute sprechen werden? Und was wir uns alles so erzählen? Wieso? Wie kommst du darauf? Na ja, wenn ich mir deine Menükarte anschaue – die spricht doch Bände. Julia nimmt die Menükarte in die Hand und liest vor:

Liebesperlen auf scharfem Pumpernickel
Venusreis
Glücksschwein mit Pflaume
Zauberapfel

Ach das, lacht Agnes. Nein; das war keine Absicht, aber du hast recht, es passt tatsächlich sehr gut. Aber ihr wisst doch, dass meine Menüs immer klangvolle und fantasievolle Namen haben.

Das stimmt. Die Freundinnen haben bei Agnes schon die verrücktesten Menüs bekommen: „Europa-Menü", „Menü für Opernfans", „In acht Gängen durch die Welt", „Sauer macht lustig" oder „Hexenküche". Auch die Speisenamen sind entsprechend. Wer weiß schon, was sich unter dem „Krötensüppchen mit Kräutern von Blocksberg" verbirgt. Bei dem „Duett von Bärlauch und Langustine" ist das schon einfacher. Und heute: Die Liebesperlen sind roter Kaviar, der runde Pumpernickel-Taler mit scharfer Meerrettich-Creme krönt.

Und Venusreis? So heißt dieses Rezept wirklich. Das ist schwarzer Reis mit Zucchini, Scampi, Avocado, gerösteten Pinienkernen und Gewürzen. War übrigens köstlich!

Essen ist die Sexualität des Alters, sagt Brigitte. Spinnst du? So alt sind wir doch gar nicht. Also ich esse sehr gern, meint Agnes, Aber ich habe auch sehr gern Sex. Beides sollte allerdings gut sein. Und wisst ihr was? So wie der Mann isst, so ist er auch im Bett!

Und gibt es Essen, das für Sex gut ist? Na ja, Austern sollen ein echtes Aphrodisiakum sein, aber ich habe das noch nie gemerkt. Die sollen ja hauptsächlich bei Männern wirken, während für Frauen Mandeln anregend sein sollen.

Also ich sehe das ganz anders, mischt sich Esther in die Diskussion ein. Ich glaube, dass nicht das erotisch ist, was wir essen, sondern wie. Und mit wem. Wenn du die Austern ganz langsam und genüsslich schlürfst und deinem Gegenüber dabei tief in die Augen schaust, wird ihn das erregen. Das Gleiche gilt für Spargel, Artischocken oder Eis. Die Fantasie erschafft die Erotik, nicht das Gericht. Ihr wisst schon: Die größte und die schließlich entscheidende erogene Zone ist der Kopf.

Ich gebe dir recht, meldet sich wieder Agnes. Es gibt eine Filmszene, die ich nie vergessen werde. In dem Film „Tom Jones zwischen Bett und Galgen" machen sich Tom Jones und eine seiner Gespielinnen gegenseitig an. Und das machen sie nur mit Essen. Es ist unglaublich, wie anzüglich man sich Weintrauben und Austern einverleiben kann. Da steigt die erotische Spannung, ganz ohne Worte. Auch als Zuschauer kriegt du Gänsehaut, und es kribbelt in deinem Bauch. Keine Frage: Der Weg vom Tisch ins Bett ist dabei vorprogrammiert.

Agnes

der Märchenerzähler

Eigentlich hätte ich damals mit Esther nach Marrakesch fliegen sollen.

Erinnerst du dich?

Und ob. Aber weil mir irgend so ein Trottel vor den Ski gefahren ist und ich mein Bein gebrochen habe, bist du allein hingeflogen.

Richtig. Es tat mir leid für dich. Doch die märchenhafte Königsstadt wollte ich mir nicht entgehen lassen.

Und Marrakesch entpuppte sich für Agnes wirklich als ein Abenteuer, allein das Hotel! Es war ein kleines Riad, mitten in dem Gassengewirr der Medina. Sie hat sich den Weg nicht gleich merken können und sich die ersten zwei Tage ständig verlaufen. Ich hätte wie Hänsel und Gretel Brotkrumen auswerfen sollen, schmunzelt sie.

Riads sind übrigens alte, restaurierte Altstadthäuser, die gemietet werden können, erzählt sie. Sie sind von außen völlig unscheinbar, doch wenn man den Innenhof betritt, wähnt man sich in einem kleinen Paradies – mit Marmorböden, Mosaikwänden und -säulen, kleinen Springbrunnen und unzähligen prachtvollen bunten Blumen. In meinem Riad gab es sechs Gästezimmer, doch ich war die einzige Bewohnerin. Jeden Morgen frühstückte ich allein unten im Innenhof, umgeben von Palmen, hohen

Farnen, Jasmin Blüten und Bougainvilleas. Ich fühlte mich wie eine Prinzessin in einem Palast.

Wie echte Paläste einst ausgesehen haben, konnte Agnes aber auch entdecken. Einfach prachtvoll, schwärmt sie. Vor allem der Bahia-Palast hatte es ihr angetan. Der ist so gut erhalten, dass man sich das Leben von damals auch heute noch gut vorstellen kann. Auch die alte Koranschule fand sie wundervoll. Über und über mit geometrischen Ornamenten, Stuck-Gittern und Kachel-Mosaiken geschmückt, war sie mal die größte islamische Hochschule in der arabischen Welt. Ein architektonisches Meisterwerk!, begeistert sie sich. Und – lacht mich jetzt nicht aus, aber sie strahlt richtig Ruhe und Erhabenheit aus.

Djerna el Fna, der berühmte Hauptplatz von Marrakesch, ist dagegen ein echtes Kontrastprogramm. Er ist rieeesig! Und so ein Gewusel und so viel Aktion kann man sich gar nicht ausmalen. Der Platz ist gleichzeitig Festplatz, Freilichttheater, Straßenrestaurant, Jahrmarkt und Zirkusarena. Da gibt es Musik, Essen, Schlangenbeschwörer, dressierte Äffchen, Kunsthandwerker und Märchenerzähler. 1001 Nacht, und das rund um die Uhr.

Am dritten Tag war Agnes mit einem offiziellen Stadtführer verabredet, den sie über seinen Vermieter empfohlen bekommen hatte. Trauen Sie niemandem, der Ihnen für ein paar Dirham eine Tour anbietet, beschwor er sie. Das sind alles Betrüger und Halsabschneider, die Sie nur ausnehmen wollen. Die echten Guides haben einen Ausweis und einen festen Preis. Er wird Sie hier im Hotel abholen.

Als ich ihn sah, seufzt sie, bekam ich weiche Knie. Einen so schönen Menschen sieht man selten. Großgewachsen und schlank war er, mit gut sichtbaren Muskeln an den richtigen Stellen, mit dunklen Haaren und Augen und schönen gepflegten Händen. Und er trug keine Djellaba, sondern eine schwarze Hose und ein weißes Hemd mit kurzen Ärmeln. Wahrscheinlich wusste er, warum. Denn er hatte eine unglaublich schöne Haut: samtig schimmernd, gebräunt und vollendet makellos.

Ich heiße Mabrouk, stellte er sich mir vor. Das bedeutet Glück. Das werden sie mit mir heute auch haben, jolie Madame. Er küsste meine Hand. Oh Gott, der geht aber ran, dachte Agnes. Jolie Madame, hübsche Frau also, und Glück?

Du bist ein Märchenerzähler, Mabrouk.
Aber nein, Madame. Sie sind schön, wunderschön!
Ach Mabrouk, hör schon auf, ich könnte deine Mutter sein.
Sind Sie aber nicht, stellte er schmunzelnd fest und küsste wieder ihre Hand.

Wie habt ihr eigentlich miteinander gesprochen?
Mabrouk konnte ein bisschen Deutsch, und mein Französisch ist nicht übel. Wir hatten also keine Probleme.

Na gut, Mabrouk. Was steht denn auf dem Programm?
Was Sie nicht in ihrem Reiseführer finden, Madame.

Was wir dann in den nächsten Stunden besichtigt haben, war wirklich außergewöhnlich. Wir waren in einer

Bäckerei, in der die weichen Fladen auf offenem Feuer gebacken wurden. Wir besuchten eine alte Apotheke, in der es keine westliche Medizin gab, dafür aber eine Unmenge Tees – für und gegen alles. Wie zum Beispiel die, die ich gekauft habe: einen gegen Schnupfen und einen für die Verdauung. In einem Parfumgeschäft konnte ich an unzähligen Essenzen in kleinen Glasgläschen riechen. Für meine westliche Nase waren die viel zu stark. Und obwohl Mabrouk mir versicherte, dass man sie auch verdünnen könnte, wollte ich keine.

Wir haben dazwischen aber auch immer Pausen gemacht. Haben in kleinen Lädchen Pfefferminztee getrunken und kleine köstliche Küchlein gegessen. Und immer wieder flirtete Mabrouk ganz ungeniert mit mir. Wir mussten auf unseren „Wanderwegen" über unzählige Hinterhöfe, versteckte Gänge und kleine Gässchen laufen. Auf den holperigen Wegen mit einem Haufen Löchern und Unebenheiten stolperte ich immer wieder, was Mabrouk veranlasste, mich festzuhalten.

Ich habe übrigens ganz schnell zwischendurch gegoogelt, ob es den Namen Mabrouk überhaupt gibt. Aber er hat nicht geschwindelt. Mabrouk heißt tatsächlich Glück beziehungsweise Glückwunsch. Ob er auch so hieß, war mir dann egal.

Den schönsten Laden gab es zum Schluss. Es war eine Weberei. Agnes hatte schon vorher ganze Straßenzüge gesehen, in denen bunte Wolle zum Trocknen hing. Es gab eine blaue Straße, eine rote, eine gelbe, eine lilafarbene ... Hier also wurde sie verarbeitet. Auf mittelalterlich anmutenden Webstühlen entstanden – in echter Handarbeit – bunte und gestreifte Stoffe. Das hier ist aber keine Wolle, erklärte ihr Mabrouk. Das ist Kaktusseide.

Bitte? Ja, wir nennen sie auch Sabra-Seide. Sie wird aus Blättern der Agave gemacht. Die farbenprächtigen, glänzenden Schals sahen aus, als ob sie aus Rohseide wären. Es war Liebe auf den ersten Blick. Nur – für welchen sollte ich mich entscheiden? Als nur noch zwei zur Auswahl standen, wickelte Mabrouk einen um meine Schultern und flüsterte mir ins Ohr: Dieser hier ist ein Geschenk von mir!

Der Mabrouk-Tag wurde von einem Essen in einem der vielen Dachrestaurants von Marrakesch gekrönt. Unter einem Zitronenbaum genossen wir das köstliche Essen und erzählten uns diverse Anekdoten aus unserem Leben. Ich genoss aber ehrlicherweise nicht nur das gedämpfte Huhn mit Couscous, sondern auch den Anblick von Mabrouk. Ich kann euch sagen: Mit einem so schönen Mann zusammenzusitzen und ihn immer wieder anzuschauen, ist absolut ein Vergnügen.

Dann brachte Mabrouk mich nach Hause. Nun ja, das musste er zwar, denn ich hätte mein Hotel in der Dunkelheit niemals allein gefunden. Aber mich vor dem Tor zu küssen und zu umarmen, war seine eigene Idee.

Agnes ließ es geschehen, Sie berührte seine Haut – das wollte sie schon den ganzen Tag machen. Sie fühlte sich warm und glatt an. Ihn neben sich liegen zu sehen und zu spüren ... Sie war hin und her gerissen. Und dann dachte sie an ihre Haut ... Oh Gott, nein, das traute sie sich nun doch nicht. In dem Moment schaute ihr Mabrouk in die Augen: Jolie Madame, lass es zu. Du bist schön!

Sie machte die Tür auf – für sie beide.

Im Zimmer warf Mabrouk sofort seine Kleider auf den Stuhl und stand nackt vor ihr da.

Agnes bekam eine ganz trockene Kehle, während sie deutlich fühlte, wie ihr Schoß feucht wurde. Ja, sie begehrte ihn. Obwohl er so viel jünger war und so gar nicht in ihre Welt passte. Doch er ließ ihr gar keine Zeit, darüber nachzudenken. Er umarmte sie leidenschaftlich, zog ihr das Kleid über den Kopf und schob sie aufs Bett. Dort fielen ihre letzten Hüllen. Gut, dass im Zimmer nur Kerzen brannten. Wer zum Teufel hatte sie eigentlich angemacht? Aber sie hatte keine Chance mehr, sich darüber Gedanken zu machen, denn Mabrouks schöne Hände versetzten sie in Verzückung.

Sie kam schnell zum Höhepunkt. Doch Mabrouk war noch lange nicht fertig. Er holte aus seiner Hosentasche, die über dem Stuhl hing, ein Präservativ und zog es über, während er sie wieder küsste und koste. Ein Gummi? Echt jetzt?, dachte sie. So ein Ding hatte sie zum letzten Mal benutzt, als sie 18 war. Aber eigentlich hatte er recht. Wer weiß, wo er zum letzten Mal war, und er schützte nicht nur sich, sondern auch sie.

Er war ein wunderbarer Liebhaber. Langsam und zärtlich. Noch nie hatte Agnes erlebt, dass ein Mann sich so genüsslich und bedächtig bewegte. Das steigerte ihre

Lust und machte sie gleichzeitig ungeduldig. Doch auch diese Ungeduld war köstlich und bereitete Vergnügen. Es dauerte lange, bis sie schließlich beide verschwitzt und erschöpft dalagen und die Nachbeben nachspürten.

Du bist ganz wunderbar, jolie Madame, flüsterte Mabrouk. Ja, flüsterte sie zurück. Du auch. Und du bist deines Namens würdig. Du hast mir Glück geschenkt. Dieser Tag war wirklich wie ein Märchen. Ist das etwa der Grund, warum Marrakesch für seine Märchenerzähler berühmt ist?

der Kavalier

Hast du ihn für seine Dienste bezahlt?, fragt Verena.

Nein, wo denkst du hin. Ich habe nur das gezahlt, was für die Stadtführung ausgemacht war, 50 Euro, wenn ich mich richtig erinnere.

Offenbar hast du ihm wirklich gut gefallen.

Oder er stand auf ältere Damen.

Ich habe einmal für ähnliches Vergnügen tatsächlich bezahlt, gesteht Verena.

Waaas?!

Hast du dir eine männliche Hure geleistet?

Genau das. Nur dass die Herren in diesem Metier sich nicht als Huren, sondern als Kavaliere, Gesellschafter oder Gentlemen bezeichnen.

Wie wäre es mit Gigolo oder Callboy?

Das klingt zwar etwas abfällig, aber eigentlich ist es egal, wie du sie nennst. Hauptsache, es gibt sie.

Und wo findest du sie? Im Internet?

Da weiß man doch nie, an wen man gerät, meint Brigitte, ganz entsetzt.

Ja und nein. Also ja, im Internet, aber nein, nicht einfach wild gefischt. Ihr werdet lachen: Es gibt einen Escortservice für Damen. In München findet ihr sogar so einen Service, der von einer Frau gegründet wurde und auch nur von Frauen geführt wird.

Wow!

Eben. Du kannst dir auf diesen Seiten direkt einen Typen bestellen. Oder du rufst dort an und lässt dich beraten. Und schließlich gibt es noch eine Light-Version: zwei Stunden mit dem Wunschkandidaten, zum Kennenlernen.

Und wie war das bei dir?

Nun, hauptsächlich war ich natürlich neugierig. Aber ich hatte auch einen Wunschtraum. Den ich nie so direkt einem Mann gegenüber ausgesprochen habe. Ich habe mich einfach nicht getraut. Ich weiß, ich weiß, in allen Ratgebern dieser Welt einschließlich aller Frauenzeitschriften heißt es immer, man sollte dem Partner anvertrauen, was man möchte. Nun, ich habe es trotzdem nicht geschafft.

War dein Traum so pervers?

Jetzt bin ich aber neugierig!

Verrätst du uns, worum es ging?

Nun, ja, sonst könnte ich die Geschichte gar nicht erzählen.

Ihr kennt das doch: Es ist oft leichter, sich einem Fremden gegenüber zu öffnen als jemandem, mit dem man vertraut ist. Vor Außenstehenden muss man keinen Schein wahren. Es bereitete mir deshalb tatsächlich überhaupt kein Problem, in der Agentur anzurufen und meinen Wunsch zu äußern.

Jetzt mach es doch nicht so spannend! Was war es denn?

Ich wollte oral befriedigt werden.

Du meine Güte, das ist doch nicht wirklich was Besonderes.

Das sagst du! Vielleicht hast du einen Partner, der das gern macht. Ich habe leider die Erfahrung gemacht, die Männer mögen es sehr, wenn man dieses Vergnügen ihnen zukommen lässt, sie selbst machen aber keine Anstalten, das bei einer Frau richtig und ausgiebig zu machen. Und außerdem – ich gebe es zu: Ich kann Fellatio nicht leiden. Deshalb mache ich es auch nicht. Aber gerechterweise kann ich das natürlich andersherum schlecht verlangen.

Und wie war es mit deinem Kavalier?

Verena seufzt. Es war wunderbar. Nachdem sie in der Agentur ihren Wunsch geäußert und sich einen Mann ausgesucht hatte, der ihr gefiel – nicht zu jung, nicht zu alt und ohne Bart! –, organisierte die Agentin alles für sie. Sie buchte den Gentleman und das Hotel, bestellte das gewünschte Dinner und fragte sogar, ob sie ein Taxi bestellen sollte.

Zur verabredeten Stunde klopfte Verena an die Hoteltür. Mike machte auf, nahm ihr den Mantel ab, begleitete sie zur Couch und machte die Champagnerflasche auf. Den brauchte sie auch dringend. Alles war, wie sie es wollte, doch so ganz entspannt war sie nicht. Das änderte sich, als Mike sie behutsam zum Bett führte, sie auszog und anfing, sie zu massieren. Pure Wellness, dachte sie. Sie lag auf dem Bauch, atmete das aromatische Öl tief ein und fühlte, wie alle Spannungen, Vorbehalte und Skrupel von ihr abfielen.

Als er sie umdrehte und die Prozedur von vorn wiederholte, war sie zu allem bereit. Mit Erstaunen stellte sie fest, dass er nur noch einen kleinen Tanga-Slip trug. Wann hat er es geschafft, sich auszuziehen? Egal, es war ihr alles egal, denn nun fing er an, sie zu lecken und gleichzeitig ganz leicht ihre Brustwarzen mit den Händen zu liebkosen. Oh Gott, das war noch schöner, als sie es sich in den kühnsten Träumen vorgestellt hatte. Auf der Skala von eins bis zehn erreichte dieser Orgasmus eindeutig die höchste Note.

Danach gab es wieder ein Glas Champagner, und das gleiche Spiel wiederholte sich. Sie sprachen nicht miteinander, irgendwo spielte ganz leise eine sehr sanfte Musik, das Licht war gedimmt, die Bettwäsche angenehm weich und kühl, und sie tauchte wieder in ihrem Gefühlsmeer unter und tanzte mit den Wellen.

Hieß er wirklich Mike?, fragt Viola.

Keine Ahnung. Von mir aus hätte er auch Max und Moritz heißen können. Doch ich nehme stark an, das ist tatsächlich sein Künstlername.

Habt ihr auch miteinander geschlafen?, fragt Viola weiter.

Nein, nein, das habe ich nicht gebucht.

Und hat er dich geküsst?

Du meinst auf dem Mund? Nein, auch nicht. Er tat nur das, was er sollte, und das tat er fantastisch.

Küssen die Kavaliere überhaupt?, fragt jetzt Agnes. Bei den Huren weiß man ja, dass sie es nicht tun.

Diese Frage kann ich dir nicht beantworten, wir haben es nicht getan.

Es scheint, dass Küssen als viel intimer empfunden wird, als miteinander zu vögeln. Ist das nicht seltsam?

Na ja, der Kuss hat etwas Romantisches und er zeugt von Gefühlen, die beim käuflichen Sex keine Rolle spielen.

Wie dem auch sei. Dein Kavalier hat sich auf jeden Fall gelohnt.

Absolut.

Darf ich fragen, ob das sehr teuer war?

Ungefähr so viel wie eine kleine Städtereise. Aber glaube mir, kein Museum der Welt, keine Kirche oder andere Sehenswürdigkeit ist so viel wert wie dieser eine Abend in einem Münchner Hotel.

Der Kuss

Weil wir gerade vom Küssen sprachen – wisst ihr, dass niemand weiß, woher der Kuss eigentlich kommt?, fragt Claudia. Ich habe neulich eine große Abhandlung darüber gelesen.

Erzähl.

Also laut Plutarch, dem griechischen Schriftsteller, hat Romulus, Roms Stadtgründer, den Frauen verboten, Wein zu trinken.

Hört, hört!

Darauf trinken wir!

Und dann?

Dann sollten die Männer an den Lippen den Frauen überprüfen, ob die sich daran gehalten hatten. Und offenbar haben sie daran Gefallen gefunden.

Eine andere Saga berichtet, dass es trojanische Frauen waren, die den Kuss erfunden haben. Nach ihrem Entkommen aus Troja haben sie in Italien kurzerhand gemeinsam beschlossen, dass die Flucht nun zu Ende sei, und haben die Schiffe verbrannt. Als die Männer zornig herumschrien, haben sie ihnen mit dem Kuss die Münder verschlossen.

Eigentlich finde ich beide Versionen höchst unbefriedigend, kommentiert Agnes Claudias Erzählung. Ich dachte, der Kuss sei einem Bedürfnis nach Nähe und Zärtlichkeit entsprungen.

Kennt ihr den Eskimo-Kuss?, fragt Brigitte. Da wird nur Nase an Nase gerieben.

Ist das wahr?

Claudia, unsere Kussexpertin – was sagst du dazu?

Ich weiß zwar nicht, wie die Eskimos küssen, aber tatsächlich gibt es den Zungenkuss nicht in allen Kulturen. Und es wird nicht überall gleich viel geküsst. Im Nahen Osten, in Asien und bei uns, in Europa, ist der Kuss sehr verbreitet. In Afrika, Mittel- und in Südamerika dagegen wird weniger geküsst.

Könnt ihr euch an euren ersten Kuss erinnern?

Sie lachen alle und nicken.

Und an den letzten?

Da nicken nicht mehr alle.

Mädels, ihr müsst mehr küssen, ruft Verena. Das ist nicht nur für die Libido, sondern auch für das Immunsystem wichtig.

Ach komm ...

Na klar. Jede Mutter weiß, dass die Kinder eine gewisse Menge Dreck brauchen, damit sich ihr Immunsystem entwickelt. Und was meinst du, wie viele Viren und Bakterien bei einem Kuss den Besitzer wechseln. Das stärkt das Immunsystem. Und zufällig weiß ich, dass beim Küssen auch Cortisol abgebaut wird – das Stresshormon.

Demnach ist das Küssen auch gesund?

Und ob. Menschen, die viel küssen, leben länger.

Wahrscheinlich vögeln sie auch mehr, sagt Sandra.

Und das wiederum macht das lange Leben schöner.

Video mit Eva

Jetzt bin ich dann wohl dran, sagt Claudia. Mit Küssen hat meine Geschichte allerdings auch nicht viel zu tun.

Ich habe eine Freundin – nennen wir sie mal Eva, die vor einiger Zeit einem Traummann begegnet ist, der ihr Mann werden sollte. Das zumindest hat sie beschlossen, ohne dass ihm das so genau bewusst war. Die größte Rolle spielte wohl dabei die Tatsache, dass der Herr ein mehrfacher Millionär war und Eva plötzlich in Genuss von Chauffeur, Privatflügen an die Côte d'Azur und teuren Kleidern kam. Sie wollte ihn unbedingt halten. Aber wie? Sex sells, dachte sie und beschloss, ihm etwas ganz Besonderes zu bieten.

Kommst du bitte mit?, fragte sie mich. Ich möchte mir in so einem Sex-Laden eine CD kaufen, um vielleicht was zu lernen.

Wie bitte?

Ich möchte im Bett einfach so eine Granate sein, dass er gar nicht auf die Idee kommt, mich zu verlassen.

Du willst ihn sozusagen süchtig nach dir machen?

Genau.

Ich bin mir nicht sicher, ob das funktioniert, aber probieren kannst du es ja. Und ich sagte noch: Vielleicht lerne ich auch noch was dazu. Kann man immer gebrauchen!

Wir sind also gemeinsam in einen Sexshop gegangen und haben dort einer Verkäuferin die Sache mit dem „Dazulernen" erklärt.

Sie hat sich überhaupt nicht über unseren Wunsch gewundert. Ganz im Gegenteil. Es schien, als ob sie unsere Idee ganz wundervoll fände. Nur leider sei die CD, die für uns ideal wäre, gerade nicht auf Lager. Sie könnte uns aber eine andere empfehlen, die auch nicht übel zum Lernen sei. Da würden zwei Männer miteinander spielen, und die wüssten ja schließlich am besten, was für sie gut sei.

Eva kaufte die CD, und wir fuhren ganz schnell zu ihr nach Hause, neugierig, was die Männer uns so alles zeigen würden.

Ich sage euch – die zeigten wirklich allerhand! Sie waren jung und hübsch und vergnügten sich miteinander – trotz Kamera – offensichtlich mit Hingabe. Eva war vor allem von deren „Handarbeit" angetan. Hast du diesen Griff gesehen? Sie hüpfte aufgeregt auf der Couch. Wie er ihm den Schwanz streichelt und ihm dabei mit der anderen Hand die Eier massiert? Das muss ich mir merken. Und was er mit der Zunge macht, nur ganz zart die Schwanzspitze lecken – auch eine gute Idee.

Ich finde den Film erregend. Und du?

Ja, doch, auch Claudia musste zugeben, dass das Video sie anmachte. Es war trotz aller Deutlichkeit nicht pornografisch und eigentümlicherweise sogar sehr ästhetisch. Und ihr Höschen war eindeutig beim Zuschauen feucht geworden.

Dann sprang Eva plötzlich auf, lief ins Schlafzimmer und kam zurück mit ... einem Fisch? Einem blauen Fisch, um genau zu sein.

Was ist das denn?, fragte Claudia verblüfft.

Erkennst du es nicht?, lachte Eva.

Nein, beim besten Willen, nein ...

Das ist ein Dildo, und es ist ein Geschenk von mir zu Toms Geburtstag.

Aha ... Claudia war etwas sprachlos.

Sie wusste nicht, dass es blaue Dildos in Form eines Fisches gibt. Und sie verstand auch nicht, was Tom damit machen sollte. Waren Dildos nicht ein Spielzeug für Frauen?

Also eines nach dem anderen, sagte sie zu Eva. Wieso hast du einen Fisch als Dildo, warum ist er blau, und was soll Tom damit machen?

Na ja, ich habe zufällig im Internet eine Seite gefunden, auf der es die Dildos als Sternzeichen gab. Verstehst du? Es gab dort also auch einen Krebs-Dildo und einen Widder und einen Löwen und so weiter. Mir hat das gefallen, und ich habe mich für den Fisch entschieden, weil Fische Toms Sternzeichen sind. Keine Ahnung, warum er blau ist. Offenbar hat sich das der Designer so ausgedacht. Der Krebs war rot, der Löwe gelb, und an die anderen kann ich mich nicht mehr erinnern. Ist ja auch verständlich, oder? Der Fisch lebt ja im Wasser, und da finde ich Blau naheliegend.

Gut, das wäre geklärt. Und was soll Tom nun mit dem Fisch machen?

Oh Gott, bist du naiv, lachte wieder Eva. Natürlich mit mir spielen. Ich stelle mir das aufregend vor, du nicht?

Keine Ahnung. Ich kann mir das nicht vorstellen. Ehrlich gesagt, habe ich so was noch nie gebraucht. Und eigentlich dachte ich, eine Frau benutzt es, wenn sie keinen Mann hat. Als Ersatz sozusagen. Nicht zur Ergänzung.

Ich bin sicher, meinte Eva, das wird ihm gefallen. Wenn er den Fisch benutzt und ich dann ganz geil werde, das wird ihn auch aufgeilen.

Komm, wir probieren das gleich aus!

Bitte? Claudia zog scharf die Luft ein. Was willst du machen?
Na, den Fisch ausprobieren. Willst du es machen oder soll ich?

Also bei aller Liebe und Freundschaft, ich bin doch nicht lesbisch!
Ich auch nicht, aber ein bisschen Spielen schadet doch nicht. Und du warst vorher auch ganz schön angetörnt von dem Film.

Nicht genug, um jetzt hier vor dir die Beine breitzumachen, um mich mit diesem blauen Tier zu befriedigen!

Ach, komm, ist doch lustig. Ich tue es. Schließlich kennen wir uns seit Jahren, haben uns zigmal nackt gesehen und haben nicht nur einmal in einem Bett geschlafen.

Und Eva streckte sich auf der breiten Couch hin. Na komm schon, leg dich auch hin. Ich beiße nicht. Sie zog sich das Shirt über den Kopf und meinte: Du musst ja gar nicht hinschauen, aber vielleicht magst du meine Brüste küssen? Dann machte sie ihre Augen zu und den Vibrator an.

Nun, Evas Brüste waren wirklich schön, und die Neugier siegte bei Claudia über die Scham. Was fühlen die Männer, wenn sie mit den Brüsten einer Frau spielen? Sie beugte sich über Eva und nahm eine ihrer Brustwarzen in den Mund.

Aaah, stöhnte Eva, du machst das richtig gut.

Claudia widmete sich mittlerweile der zweiten Brustwarze, nahm aber auch noch ihre Hände zur Hilfe. Schließlich wusste sie ja, wie es perfekt war. Eben genau so, wie sie es auch gernhatte. Und eigentlich fühlte sich so ein kleiner steifer Nippel richtig gut an. War doch gar nicht so übel, als Frau mit einer Frau zusammen zu sein. Wobei – das Eigentliche, das Intime, ließen sie ja aus.

Eva stöhnte laut auf. Sie war offensichtlich so weit, und schon bald zitterte sie am ganzen Körper, drehte sich zu Claudia und nahm sie fest in ihre Arme. Das war schön, flüsterte sie der Freundin ins Ohr. Richtig schön.

Und jetzt?, fragte Claudia.
Nichts jetzt. Wir haben uns halt etwas amüsiert. Es bleibt unser Geheimnis, und du brauchst deshalb kein schlechtes Gewissen zu haben.

Hattest du denn ein schlechtes Gewissen?, fragt Viola.
Jein. Einerseits war dieses Erlebnis schon etwas seltsam. Ich hatte niemals in meinem Leben jemals daran

gedacht, etwas mit einer Frau anzufangen. Andererseits nahm Eva das so leicht und locker, dass ich es im Endeffekt einfach auch als ein Abenteuer abgehakt habe.

Was ist denn aus den beiden geworden?, fragt Esther. Hat Eva ihren Tom gekriegt?

Hat sie. Aber vielleicht nicht nur, weil sie so eine Granate im Bett war, sondern auch, weil sie unkompliziert, lustig und immer gut gelaunt ist. Ich glaube, dass es sich gut mit ihr leben lässt. Wie auch immer: Sie haben tatsächlich geheiratet. Standesamtlich. Ich war sogar die Trauzeugin.

Am Abend gab es dann einen großen Ball – für mindestens 200 Personen. Aber ich wette mit euch, dass nur drei von ihnen wussten, warum Evas langes Abendkleid blau war ...

Sabrina

die Stimme

Hallo Sabrina, wie geht es dir?

Ja, ja, gut, danke. Und dir?

Auch. Alles in Ordnung. Bist du neulich gut nach dem Fest nach Hause gekommen?

Wer zum Teufel rief sie da an, überlegte Sabrina, während sie irgendwelche netten Floskeln von sich gab. Die Stimme kam ihr nicht bekannt vor.

Weißt du denn überhaupt, wer ich bin?, fragte die Stimme – als ob der Anrufer ihre Gedanken lesen könnte.

Ehrlich gesagt – nein.

Der Mann lachte. Also gut, ich will ehrlich mit dir sein. Wir kennen uns nicht. Und das mit der Party, das war nur geraten und so dahingesagt.

Aha, Sabrina wusste nicht, was sie sagen sollte. Aber wir haben gemeinsame Bekannte?, fragte sie, leicht verunsichert.

Das glaube ich nicht, sagte der Mann. Ich wohne in einer anderen Stadt. Ich habe deine Telefonnummer aus dem Telefonbuch. Ich fand deinen Namen so schön.

Ach so ... Und das reicht, um mit mir sprechen zu wollen?

Na ja, sagte der Unbekannte, ich stelle mir vor, dass du ebenso schön bist wie dein Name.

Und wie heißt du?, fragte Sabrina, die langsam Spaß an dieser seltsamen Unterhaltung fand.

Das ist egal. Denke dir doch einfach einen Namen aus.

Ich werde vielleicht darüber nachdenken. Sabrina schmunzelte vor sich hin. Oder vielleicht nenne ich dich ganz einfach Jan. Das klingt doch gut, oder? Kurz und prägnant.

Ja, ich bin mit Jan einverstanden. Passt gut.

Und bist du denn schön?, fragte sie dann frech.

Ich denke schon. Man sagt, ich sei ein gutaussehender Mann.

Ein gutaussehender Mann hat aber nicht nötig, fremde Frauen am Telefon anzubaggern. Denn das tust du doch!

Stimmt. Aber ich finde das spannend.

Und wenn ich aufgelegt hätte?

Dann hätte ich nach einer anderen Schönheit gesucht.

Es war ein Spiel. Eindeutig. Ein Flirt mit einer Stimme. Mit einer verheißungsvollen Stimme, musste Sabrina im Geheimen zugeben. Tief und sexy.

Der wollte doch was von dir, mischte sich Brigitte in die Erzählung ein. Und bestimmt nichts Anständiges.

Ach komm. Was ist schon anständig? In den 20er-Jahren wurde in vielen Benimmkolumnen das „Problem der verbalen Intimität bei physischer Entfernung" diskutiert. Man erörterte beispielsweise, ob ein anständiges Mädchen seine Telefonnummer preisgeben durfte. Oder ob es für eine Frau schicklich sei, mit einem Mann zu telefonieren, während sie im Bett lag und nicht gebührend bekleidet war. Siehst du?, schmunzelt Sabrina – ich hätte also schon damals keineswegs gegen die guten Sitten verstoßen. Denn ich habe ihm nicht meine Telefonnummer gegeben. Und ich war – in meinem Lesesessel sitzend – absolut schicklich bekleidet.

Ha, ha, dafür hast du mit ihm am Telefon gevögelt! Hast du doch? Oder?

Ja, Esther, habe ich. Als er fragte, was ich anhabe, erzählte ich ihm, dass ich nur ein Handtuch um mich gewickelt habe, weil ich gerade nach dem Sport geduscht habe. Das hat der Stimme zunächst die Sprache verschlagen. Doch dann fragte er: Magst du dich berühren? Ja, das wollte Sabrina schon längst. Sie hatte ihr Höschen bereits heruntergezogen und war bereit.

Und du? Offenbar war auch Jan so weit. Ich halte meinen Schwanz in der Hand, stöhnte er ganz leise.

Mit der Nummer könntest du eine Telefonsex-Hotline aufmachen! Ein bisschen Stöhnen, schweres Atmen, und du verdienst richtig Bares. So wie die Dorfmädels in dem Film „Eine ganz heiße Nummer", schmunzelt Agnes.

Ja, diesen Film haben sie alle gesehen.

Die Schneeberger war wieder einsame Klasse, doch ihre Mitstreiterinnen waren auch nicht übel, bestätigt Sabrina. Aber Agnes, es gibt da doch einen riesengroßen Unterschied. Die „Ruf-mich-an!-Damen" stöhnen für Geld, während sie sich vielleicht dabei die Fußnägel lackieren, Kartoffel schälen oder stricken. Ich tat es für mich selbst, verstehst du? Es war ein echter Orgasmus, kein Theater.

Sei mir nicht böse, Sabrina, aber das verstehe ich nicht. Macht nichts, Brigitte, so ganz kann man diese Geschichte, glaube ich, auch nicht verstehen. Die Situation hat sich einfach so ergeben. Im Grunde genommen waren Jans Anrufe wie Begleitmusik zu einer Selbstbefriedigung. Schau, manche Frauen streicheln sich vielleicht gern selbst, wenn sie Paul Anka hören, andere bevorzugen Elvis, ich hatte halt eine unbekannte Stimme, die mich in die richtige Stimmung versetzte.

Und als ihr fertig wart, also nach dem Orgasmus, was war dann?, fragt wieder Brigitte. Gar nichts. Dann legten wir auf. Keine weiteren Gespräche, keine Beteuerungen, die Sache war erledigt. Und ob ihr es glaubt oder nicht, ich habe es genossen.

Jan rief sie immer wieder an. Manchmal hatte sie keine Zeit für ihn. Oder keine Lust. Doch das war nie ein Problem. Geht jetzt nicht, sagte sie dann. Ok, bis später also, bemerkte er daraufhin und meldete ich einfach ein paar Tage später. Er hatte ja offenbar erstaunlich oft Erfolg mit seiner Masche. Bei Anruf Sex – das schien nicht nur sie, sondern auch einige andere Frauen zu beflügeln.

Aber irgendwann schlichen sich in diese Anrufe zwischendurch auch private Informationen. Sie redeten immer öfter miteinander – zumindest zu Beginn ihrer Telefonate –, als ob sie sich kennen würden. So erfuhr sie von Jan zum Beispiel, für welchen Fußballverein er schwärmte. Oder dass er ein gefragter Ingenieur war, ständig auf Achse, kreuz und quer durch die Welt für internationale Firmen. Als sie mal länger nichts von ihm hörte, erfuhr sie anschließend, dass er in Vietnam gewesen war. Und demnächst nach Mexiko reisen würde. Seine häufigen Reisen waren unter anderem auch der Grund dafür, warum er keine Freundin hatte. Zu mühsam, war sein Kommentar. So kam er irgendwann auf die Idee zum Telefonsex.

Doch je mehr sie über ihn erfuhr, desto weniger Lust hatte Sabrina auf den Sex. Jan wurde nach und nach zu einem realen Mann, auf den sie gut verzichten konnte. Was er so erzählte, fand sie nicht spannend. Er hatte offenbar keine Interessen, die sie teilen konnten, und so langsam störte sie sich auch an seinem Verhältnis zu Frauen.

Der Reiz der Anonymität und der unbekannten Stimme verflüchtigte sich langsam. Was blieb, war schlicht und einfach ein verhältnismäßig Unbekannter, den sie gar nicht kennen lernen wollte.

Na dann, sagt Esther. Dann war wohl Essig mit der Begleitmusik. Stimmt, lacht Sabrina. Irgendwann sagte ich ihm tatsächlich, dass ich auf unsere Telefonate keine Lust mehr hätte.

Und wie hat er darauf reagiert?

Oh, er hat es sportlich genommen. Es wäre ok, meinte er. Und dann sagte er wortwörtlich, ich schwöre es: Danke. Und tschüs.

selbst ist die Frau

Oh ja! Zum Thema Selbstbefriedigung kann ich auch einiges beitragen. Eigentlich fing das ganz harmlos und unschuldig an. Ich wusste schon als Kind, was ein Bidet ist. Meine Eltern machten immer gern Urlaub im Süden, und dort – in Italien, Spanien oder Südfrankreich – gehören diese Dinge ja zur üblichen Badezimmer-Ausstattung.

Aber einmal, ich war ungefähr 12 oder 13 Jahre alt, gab es in unserem Hotel – oder war es ein Appartement? – ein Bidet mit einer Spritzdüse. Könnt ihr euch vorstellen, was passiert ist?

Da saß ich nichtsahnend über diesem kleinen Spritzbrunnen, als ich merkte, dass es ein unglaubliches Gefühl bei mir auslöste. Ich bewegte mich ganz vorsichtig hin und her, weil ich merkte, dass es Stellen gab, an denen dieses Gefühl stärker war. Und dann schwoll diese Erregung an, wurde immer stärker und stärker – bis sie übermächtig wurde und mich ganz und gar erfüllte. Ich habe meinen ersten Orgasmus erlebt.

Was soll euch sagen? Ich wurde süchtig danach. Jeden Tag saß ich auf diesem Wunderbrunnen. Danach, nach diesem schönen Gefühl, da gab es immer fast so was wie einen kleinen Schmerz. Zweimal hintereinander, das ging also nicht. Ich musste pausieren. Aber nach ein paar Stunden ... aaach, war das wieder schön!

Viola hütete ihr Geheimnis sehr sorgfältig. Sie wusste zwar nicht genau, was da mit ihr passierte, aber irgendwie hatte sie das Gefühl, man dürfe nicht darüber reden.

Wieder zuhause, gab es kein Bidet mehr, also auch nicht die wundersame Wasser-Dusche, aber Viola entdeckte, dass sie sich auch mit der eigenen Hand Vergnügen bereiten konnte. Ab dem Moment gab es kein Halten mehr. Das schöne Gefühl – Viola hatte immer noch keinen Namen dafür – gehörte nun jeden Tag zum Einschlafritual. Wenn es möglich war, gönnte sie es sich auch zum Aufwachen, und manchmal war es sogar möglich, es sich zwischendurch zu holen.

Erst Jahre später las sie in einem schlauen Buch etwas darüber. Orgasmus nannte man das schöne Gefühl. Und Selbstbefriedigung, was sie tat. Aber angeblich machten das ja sowieso alle. War also gar nicht so schlimm, wie sie oft gedacht hatte. Denn etwas Gewissensbisse hatte sie schon von Mal zu Mal dabei gehabt, ohne wirklich zu wissen, warum eigentlich.

Mittlerweile hatte sie ihre Befriedigung allerdings auf eine neue Stufe gehoben. Denn wenn man in der Badewanne die warme Dusche unter dem Wasser auf die entsprechenden Stellen rieseln ließ, war der Orgasmus viel stärker. Und den absoluten Höhepunkt erreichte man, wenn man den Duschkopf abschraubte und nur mit dem Schlauch spielte.

Noch ein paar Jahre später gab es dann natürlich auch einen Jungen in Violas Leben. Den ersten, den zweiten, auch den dritten. Wie das halt so ist. Ja, sie war auch mal verliebt, wenigstens ein bisschen, aber spätestens im Bett war es mit der Liebe vorbei, denn dem Wasserschlauch oder selbst ihrer eigenen Hand konnten die Knaben nicht gerecht werden.

Wahrscheinlich hätte ich einen erfahrenen, älteren Mann gebraucht, überlegt sie laut. So einen wie deinen Jürgen nickt sie Karin zu. Der hätte mir bestimmt gefallen. Aber dieses hilflose Gefummel, das ich damals und auch heute immer wieder erlebe, das ist nichts für mich. Dann lieber gar nichts.

Bist du deshalb ein Single – bis heute?, fragt Sandra.

Ich denke schon, zumindest war das einer der Gründe, weshalb ich irgendwann keinen Mann an meiner Seite haben wollte.

Nur wegen schlechtem Sex?, wundert sich auch Esther.

Na ja, schaut euch doch mal Bogenschießen an. Da gibt es diesen Anspannungsmoment, bevor man schießt. Höchste Konzentration. Und was möchte man damit erreichen? Doch wesentlich nur eins – ins Schwarze zu treffen. Die Mitte. Sexualität ist für mich so ähnlich. Wenn sie nicht perfekt ist, brauche ich sie nicht. Beziehungsweise ich erschaffe sie selbst, ich brauche also keinen Mann dafür.

Außerdem gibt es mittlerweile eine Menge Spielzeug, das bestens jeden Mann ersetzen kann. War eine von euch schon mal in einem hübschen netten Sex-Shop? Ich sage euch – ein Paradies. Früher galten solche Läden als Schmuddelkram und waren höchstens in Bahnhofsnähe zu finden. Aber heute müssen die sich nicht verstecken. Jede Frau kann die betreten, sich beraten lassen, ohne Scham oder Furcht, gesehen zu werden. Neulich war ich in einem, na ja, nennen wir ihn hier „Erotica". Da war eine ganz fabelhafte Verkäuferin. Ich habe einen Kaffee bekommen, und wir haben lange über die Vorzüge von diversen Geräten gesprochen. Ich habe ja ohnehin eine ganze Sammlung. Aber jetzt habe ich ein ganz neues gekauft, das sowohl die Klitoris als auch die Vagina stimuliert. Hatte ich noch nicht. Ist wirklich super!

Wenn ihr was ausprobieren wollt – und euch geniert –, bitte schön: Es gibt ja das Internet! Ihr werdet euch wundern, wer dort alles Sex-Spielzeug anbietet. Drogerieketten, Kosmetikfirmen, Versandhäuser. Es gibt sogar einen Vergleichssieger bei Warentest! Und was für Namen ihr für das Zeug findet. Dildo, Klitoris-Sauger, Liebeskugeln, Vibrator oder – besonders fein – teleskopische & leckende Rose.

Und was ist mit der Liebe?, fragt wieder Sandra.

Aber ich liebe ja. Heiß und innig! Ihr kennt doch Andreas, meinen Mitbewohner. Er ist mein Freund und Vertrauter, mein Bruder und der Mann an meiner Seite. Ich liebe ihn aufrichtig.
Doch Gott sei Dank ist er schwul. Somit habe ich eine perfekte Lebensform für mich gefunden. Ich bin nicht allein, kann aber machen, was ich möchte. Ich kann meine

kleinen Affären haben, ohne jemandem gegenüber Rechenschaft abgeben zu müssen. Ich kann mich ausweinen, wenn ich eine starke Schulter brauche. Umgekehrt ist es natürlich genauso. Ich bin für Andreas da, ob er krank ist, Liebeskummer hat oder einfach „Mensch ärgere dich nicht" spielen möchte. Wir gehen zusammen ins Kino, ins Theater oder zum Essen. Wir verreisen auch zusammen. Aber wir haben trotzdem keinen Alltag, der jede Beziehung langsam vergiftet, weil wir auch beide jeweils ein eigenes Leben führen, ohne Eifersüchteleien oder Misstrauen.

Und wenn du sich nun verlieben würdest? Ausschließen kann man das doch nicht.

Was soll dann sein? Damit hätte ich kein Problem. Das eine schließt das andere doch nicht aus. Da Andreas mein platonischer Freund ist, könnte ich theoretisch auch mit einem anderen Mann zusammenleben. Ob in einer oder zwei Wohnungen. Notfalls ziehen wir zusammen und machen eine Ménage à trois.

Die Freundinnen schütteln alle den Kopf. Dein Andreas könnte sich aber auch verlieben und sogar heiraten wollen, meint schließlich Brigitte.

Na und? Soll er doch. Dann mieten wir ein Haus und leben zu viert glücklich und zufrieden, bis wir gestorben sind.

Mensch, Mädels – es gibt doch kein Rezept fürs Glücklich sein. Nur das Rezept für guten Sex, das kenne ich, und das habe ich selbst in der Hand.

Epilog

Liebe Freundinnen, Agnes klopft an ihr Weinglas. Lasst mich etwas sagen. Nanu, wundert sich Esther: Keine „Mädels" mehr?

Nein. Heute Abend, Agnes schaut kurz auf ihre Uhr, na ja, sagen wir besser, heute Nacht, haben wir das Mädels-Stadium hinter uns gelassen, ich betrachte euch als meine Freundinnen. Natürlich wart ihr das schon immer, doch heute haben wir so etwas wie eine Blutsbrüderschaft vollzogen, und deshalb werde ich euch nie wieder Mädels nennen.

Blutsbrüderschaft finde ich gut, lacht Julia. Bedeutet das, dass wir Geständnisse mit männlichen Mutproben und gemeinsamen Abenteuern gleichsetzen? Und sind wir nun Blutsschwestern?

Eher Beichtschwestern, murmelt Brigitte, und nun lachen sie alle.

Ach, kommt, Agnes lässt sich nicht beirren. Eine Freundin ist doch tausendfach besser als eine Schwester. Meistens zumindest. Aber lasst mich doch meine kleine Rede zu Ende bringen. Ich bin zwar nicht mehr ganz nüchtern, aber auch nicht ganz betrunken, und was ich euch jetzt sage, meine ich ganz ernst. Ich liebe euch!

Jede Einzelne von euch. Ich bin froh, dass ich euch kenne und möchte euch in meinem Leben nicht missen!

Amen, sagt Esther. Sie hörten das Wort zum Sonntag. Wir danken dir. Für diese Rede und auch für diesen wunderbaren Abend. Aber jetzt muss ich nach Hause. Die Vögel zwitschern schon. Wir sollten vielleicht alle noch ein wenig schlafen.

Sehen wir uns nächste Woche?

Die Autorin

Joanna Turbowicz, kurz nach dem Krieg in Polen geboren, kam in den 60er-Jahren in die Bundesrepublik. Nach dem Abitur studierte sie Soziologie und Kunstgeschichte in Frankfurt und absolvierte die Deutsche Journalistenschule in München. Nach ihrer Ausbildung war sie Redakteurin bei Münchner Merkur, später bei Jasmin und bei Freundin. Ihre Schwerpunkte: Reise, Mode, Psychologie und Lifestyle. Nach der Geburt ihres Sohnes arbeitete sie freiberuflich weiter. Sie war Autorin für verschiedene Zeitschriften und PR-Texterin für große Fashion Unternehmen. Sie schreibt aus Lust am Fabulieren.

Der Verlag

*Wer aufhört
besser zu werden,
hat aufgehört
gut zu sein!*

Basierend auf diesem Motto ist es dem novum Verlag
ein Anliegen, neue Manuskripte aufzuspüren, zu ver-
öffentlichen und deren Autoren langfristig zu fördern.
Mittlerweile gilt der 1997 gegründete und mehrfach
prämierte Verlag als Spezialist für Neuautoren in
Deutschland, Österreich und der Schweiz.

**Für jedes neue Manuskript wird innerhalb we-
niger Wochen eine kostenfreie, unverbindliche
Lektorats-Prüfung erstellt.**

Weitere Informationen zum Verlag und
seinen Büchern finden Sie im Internet unter:

w w w . n o v u m v e r l a g . c o m